로크미디어가
유혹하는
재미있는 세상

ROK
MEDIA
로크미디어

이것이 법이다

이것이 법이다 42

2018년 8월 30일 초판 1쇄 인쇄
2018년 9월 4일 초판 1쇄 발행

지은이 자카예프
발행인 이종주

기획 팀 이기헌 왕소현 박경무 이승제
책임 편집 최전경

발행처 (주)로크미디어
출판등록 2003년 3월 24일
주소 서울시 마포구 성암로 330 DMC첨단산업센터 3층 318호, 319호
Tel (02)3273-5135 **Fax** (02)3273-5134
홈페이지 rokmedia.com **E-mail** rokmedia@empas.com

ⓒ 자카예프, 2015

값 8,000원

ISBN 979-11-294-0825-9 (42권)
ISBN 979-11-255-9575-5 04810 (세트)

이것이 법이다

42

자카예프 장편소설

로크미디어

CONTENTS

결국 그날 협상은 파토 났다.

파토 날 수밖에 없었다.

합의금이라는 것은 기대치라는 게 있고 또 평균이라는 게 있기 마련이다. 그런데 1억 놓고 1억 받는다는, 도박장에서나 쓸 만한 말을 했으니 제대로 될 리 없다.

하지만 사실 단순히 그 단어 때문에 그런 게 아니었다.

"진짜 협상할 생각이 없는 거야? 1억이라니. 그리고 1억 놓는다는 게 뭔데?"

"그럴 리가. 어차피 민사까지 가도 그렇게 터무니없이 받지는 못해. 그리고 1억 놓는다는 건 말 그대로 1억을 준다는 거야."

"미쳤어? 그 새끼들한테 왜 1억을 줘?"

"그들을 자극하려고."

"자극?"

"우리가 가진 카드는 민사가 아니라 그들의 인생이야."

노형진이 시범 삼아 그들을 괴롭힌 게 아니다.

그들을 나락으로 떨어트릴 수 있음을, 그리고 그걸 실천할 의사와 능력이 있음을 보여 주려고 그렇게 행동한 것이다.

"괴롭힌다고 해서 복수가 아니야. 그 복수라는 것을 통해 최대한 이득을 얻어 내야 복수의 의미가 있는 거지. 무슨 중세 시대처럼 상대방을 죽여서 복수하는 시대가 아닌 이상에야."

"그거야 그런데……."

"일사부재리의 원칙."

"일사부재리의 원칙? 그게 왜 나오나?"

송정한은 고개를 갸웃했다. 지금은 그 말이 나올 만한 상황이 아니기 때문이다.

1억이라는 돈을 주고 1억을 받겠다는 게 이해도 안 되는데 뜬금없이 일사부재리의 원칙이라니.

"이번 게임에서 제일 중요한 대명제입니다."

"대명제?"

"네."

"하지만 이건 민사인데?"

"민사니까요."

일사부재리의 원칙이란 같은 죄로 두 번 처벌받지 않는다는 뜻이다.

민사는 원하면 몇 번이든 계속 고발할 수 있지만 형사는 그렇지 않다.

"하지만 새로운 범죄는 당연히 처벌받지요. 가령 증거를 조작했다거나 뇌물을 줬다거나 하는 식으로 말입니다."

"그런데?"

"우리에게는 처벌을 제대로 받지 못한 마흔네 명이 있습니다. 그리고 아예 소환도 되지 않은 예순 명이 있지요."

손채림이 벌떡 일어났다.

"그 녀석들이구나!"

그녀는 이제야 노형진이 노리는 것을 알아차린 것이다.

"1억은 작은 돈이 아니지."

이번에 걸린 사람들은 일사부재리의 원칙에 따라 처벌을 면한다.

그리고 아무리 그들이 뻔뻔해도 밀양에서 살아가지는 못한다. 물론 돈을 가진 집안 녀석들이야 상관없지만 그렇지 못한 녀석들은 아니다.

"그리고 엄밀하게 말하면 일사부재리가 적용되는 것은 열세 명뿐입니다."

"그렇군."

지난번에 걸린 마흔네 명 중 제대로 처벌다운 처벌을 받은 사람들은 총 열세 명이다. 그나마도 집행유예가 나와서 시간이 지나면 전과는 말소된다.

"그들은 사회가 무서운 걸 알았지요. 그곳에서 살 수도 없고요. 그에 반해 나머지 서른한 명은? 훈방되거나 혐의 없음으로 풀려났습니다. 그리고 훈방과 혐의 없음은 일사부재리의 원칙에 해당되지 않습니다."

만일 새로운 증언이나 증거가 나온다면 그들은 과거의 처벌을 받아야 한다.

"그래서 1억을 준다고 한 건가?"

"네."

1억을 놓고 1억을 받는다.

물론 진짜로 1억을 전부 다 주지는 않을 것이다. 하지만 그만큼 그들에게 미끼를 던진 것이다.

"독하군."

"그리고 강간은 친고입니다."

"그렇지……."

"그 열세 명이 아니더라도, 증언해 주면 1억과 동시에 합의서를 써 주는 거죠."

"'누군가 하나는 배신하겠지.'라는 건가?"

"그리고 그게 제일 두려운 것이지요."

방송에서 간단하게 게임을 할 때도 배신과 배신이 넘쳐 나는 게 세상이다.

이것이법이다

그런데 이 게임은 누군가 배신하면 다른 누군가의 인생은 박살이 날 수밖에 없는 것이다.

"그리고 배신할 건 그들만이 아닙니다."

"응?"

"그들만이 아니라니?"

고개를 갸웃하는 두 사람.

"강간 사건의 가해자들이 과연 바르게 공부하고 착실하게 살아가던 녀석들일까요, 아니면 막 살면서 사고나 치는 일진들일까요?"

"당연히 후자겠지."

정상적인 교육을 받은 녀석들이라면, 강간이 이루어지는 걸 보고 같이 강간할 생각을 하는 게 아니라 신고를 했을 테니까.

"그렇다면 그 녀석들과 어울린 녀석들이 있겠지요. 그리고 피해자들도요."

사실 이런 사건에서는 평소 행실도 중요하다.

그러나 지난번에 경찰과 검찰 그리고 법원은 그런 정보는 모조리 덮어 버린 채로 사건을 무마하는 데 급급했다.

"그러나 명확한 새로운 증거가 나오기 시작하면 재수사는 어쩔 수 없이 해야요. 더군다나 그 지역은 똘똘 뭉쳐서 사건을 은폐하려고 했지요, 경찰과 검찰, 법원까지. 그만큼 관련된 자가 많다는 건 입을 열 만한 사람도 많다는 거죠."

"헐……."

즉, 그 내부에서 누군가 작심하고 까발린다면 단순히 손해 배상 정도가 아니라 수백 단위로 징계와 처벌이 이루어질 거라는 것이다.

"과연 누가 배신할지 모르는 상황에서 그들이 어떻게 반응할지 기다려 보자고요."

노형진은 눈을 빤짝거렸다.

⚖

집단 강간 사건에 관하여 중요한 증거 및 진술을 가지고 오는 분에게 상금 3억을 드립니다. 신분에 대해서는 아무것도 묻지 않습니다. 관련된 자일 경우 합의서를 써 드립니다.

바람에 휘날리는 플래카드. 그리고 바닥에 나뒹구는 전단지. 대부분의 사람들은 그것들을 무심하게 지나치고 있었다.

'대부분은 그렇지.'

관심도 없고 관련도 없는 소시민들은 그렇다. 가끔 그저 기분 나쁘다는 표정으로 바라보는 사람이 있는 정도가 다였다.

하지만…….

'과연 당사자들은 기분이 어떨까?'

노형진은 펄럭이는 플래카드를 보면서 히죽 웃었다.

다른 곳도 아니고 출근하는 길목에 이런 게 붙어 있으니 당연히 속이 뒤틀릴 수밖에 없다.

하나 그렇다고 무조건 떼어 낼 수도 없는 게, 명백하게 사유지에 설치되어 있기 때문이다.

몇몇이 항의했지만 노형진이 그런 것에 신경 쓸 리 없다.

"어때?"

"분위기가 별로 안 좋아."

법원에서 나오던 손채림이 히죽 웃으면서 말했다.

과도하게 서로 눈치를 본달까?

"관련이 없는 사람이라도 바보는 아닐 테니까."

아무리 지역이 함께 뭉쳐서 사건을 덮는다고 해도 일선의 모든 공무원이 그런 것은 아니다.

그러나 윗선에서 누군가 그런 것은 확실하다.

"이런 상황에서는 누군가는 배신할 거라는 걱정을 하기 마련이거든."

그러니 서로가 서로를 감시하는 체계가 완성되어 버린 것이다.

"그리고 이런 체계는 필연적으로 믿음을 잃어버리지. 저 사람을 믿어서 일을 함께하는 게 아니라 저 사람을 믿지 않아서 저 사람을 감시해야 하는 상황이 되거든."

노형진이 노린 게 바로 그것이었다.

애초에 누군가 자수를 하든 말든 그건 상관없었다.

"그 당시에 지역사회에 얼마나 당했는지."

자신들은 피해자를 지키려고 하는데 어떻게 해서든 피해자에게 죄를 뒤집어씌우려고 했던 자들.

그들이 상황이 안 좋아지자 눈치를 보기 시작한 것이다.

"그런데 이런다고 신고자가 나올까?"

"안 나올 수도 있지. 사실 안 나올 가능성도 높아."

"그런데 왜 이렇게 플래카드를 걸어 둔 거야?"

"제일 중요한 건 의심이니까."

남을 믿지 않는다는 것. 그건 자신이 배신할 준비도 되어 있다는 뜻이다.

"그 상황에서 우리가 조금 자극을 주면 배신할 수도 있지."

"그거야 알지. 문제는 누가 카드를 쥐고 있는지 모른다는 거잖아."

"과연 모를까?"

"응?"

"법원이나 검찰에서 일을 하는 사람이 있다면 누구일 것 같아?"

"누구냐니?"

"누가 일하겠냐고?"

"그거야…… 주사보가 보통 하지."

주사보는 7급 공무원의 계급이다. 그리고 실무를 담당하는 사람이기도 하다.

"과연 그 사람 모르게 뭔가를 하는 게 가능할까?"

"글쎄…… 가능한가?"

손채림은 잠깐 생각하다가 고개를 흔들었다.

불가능하다. 그들은 실무를 담당한다. 그들 모르게 뭔가를 조작한다는 것은 불가능하다.

모든 서류와 증거를 관리하는 게 그들이기 때문이다.

쉽게 말해서 창고지기 없이 창고 문을 열고 뭔가를 가지고 간다는 건데, 그냥 열쇠를 복제하는 정도가 아니라 아예 그 앞에서 숙식하는 셈인지라 그들이 모를 수가 없다.

"그렇다고 해도 아직 자수한 사람이 없잖아?"

"없지."

"그런데?"

"그러면 자수한 사람을 만들면 되는 거지."

"설마…….'

"알 게 뭐야? 내가 왜 여기까지 왔겠어?"

그러면서 가방을 들어서 흔드는 노형진.

검은색의 케이스 서류 가방이다.

흔하게 보는 물건이지만 다른 게 있었다. 수갑으로 채워져서 노형진의 손과 연결되어 있었다.

"도대체 뭐가 들어 있는 거야?"

"먹던 물하고 간식하고…… 보던 책 그리고 화장지 정도?"

"그걸 왜 수갑을 차서 지키는데?"

"있어 보이잖아."

"허."

손채림이 뭐라고 하든 그는 씩 웃으면서 법원으로 들어갔다. 그리고 일을 하고 있던 남자에게 다가갔다.

"안녕하세요."

"뭡니까?"

"여기로 오라고 하셨잖아요?"

"무슨 소리예요?"

의아한 표정을 지은 그는 노형진을 위아래로 살폈다.

'날 기억 못 하나 보군.'

하긴, 공무원이 자신을 기억할 가능성은 그다지 높지 않으니까.

중요한 것은 그게 아니었다.

"아니, 분명히 여기로 오라고 하셨잖아요? 집단 강간 사건으로 할 말이 있다고."

"누가 그래요!"

펄쩍 뛰는 남자.

그럴 수밖에 없는 게, 그 문제 때문에 사람들이 서로가 서로를 감시하는 판국이다.

그래서 조심스러워 죽겠는데 갑자기 다짜고짜 그런 말을 하다니.

"네? 여기로 오라고 한 게 아니었어요?"

어리둥절한 표정이 되는 노형진.

주사보는 당황하면서 그를 휴게실로 이끌었다.

"지금 뭐 하자는 겁니까?"

"뭐 하자니요? 오라고 하지 않으셨습니까?"

"난 그런 적 없다니까요!"

"하지만 분명히……."

"아! 분명히고 뭐고, 난 모른다니까!"

결국 딱 잡아떼면서 돌아가는 주사보.

노형진은 그를 바라보다가 씩 웃었다.

"보통은 부르지 않아?"

이건 노형진이 자주 쓰는 방법이다.

마치 상대방이 배신한 것처럼 이미지를 만들어서 도리어 상대방을 코너로 모는 방식.

하지만 보통은 찾아오라고 하거나 찾아온 기회를 노리는데 노형진이 직접 찾아간 건 처음이었다.

"부른다고 오겠냐?"

"그렇긴 하지. 그러면 가방은 도대체 왜 가지고 온 거야? 가지고 가지도 않을 것 같은데."

의심받게 하려면 저 사람이 가방을 가지고 가거나 가방을 받아 가야 한다. 그러나 그는 화만 내고 가 버렸고 가방에는 관심도 없었다.

애초에 가방을 준다고 해서 그걸 받아 갈 리도 없고 말이다.

"가방은 폼이야."

"뭐?"

"가방은 폼이라고. 중요한 건 수갑이지."

"수갑?"

양복 주머니에서 수갑 열쇠를 꺼내서 수갑을 푸는 노형진.

그리고 그는 그걸 가방 안에 집어넣어 버렸다.

"그럴 거면서 왜 수갑은 찬 거야?"

"누군가는 수갑을 보지 않았을까?"

"그거야 그렇지……. 와…… 너 진짜 머리 끝내준다."

반짝이는 수갑을 생각하던 손채림은 어이가 없었다.

지금 들어올 때 수갑을 사람들이 못 봤을 리 없다.

시커먼 케이스 서류 가방에 반짝이는 새 수갑인데 그게 눈에 안 들어올 리 없다.

"하지만 이렇게 푼다는 건……."

더 이상 서류 가방이 중요하지 않게 되었다는 뜻이 된다. 그 안에 뭐가 들었든 말이다.

"사람들은 뭐가 생겼다고 생각할까?"

"의심이야 하겠지만 그걸 확신으로 바꿀 수 있어?"

"있지."

"어떻게?"

노형진은 커다란 천 하나를 꺼내서 살랑살랑 흔들었다.

다음 날 법원 앞에 있던 플래카드의 내용이 바뀌었다.

처음에는 3억이라고 쓰여 있었는데 그 플래카드에 천을 덧대어서 숫자 3을 가리고 2억 5천이라고 고쳐 써 넣은 것이다.

"그 아저씨, 죽을 맛이겠네."

노형진이 들어갈 때와 나갈 때 분명히 수갑을 봤다. 그리고 다음 날 갑자기 2억 5천으로 줄어든 금액.

"똑똑한 개인이라면 날 의심하겠지만 말이야, 집단적 광기는 때로 무척이나 멍청하거든."

상식적으로 받아 갔다는 티를 내기 위해 플래카드의 숫자를 줄이는 사람은 없다. 그러니 조금만 의심한다면 누군가는 알아차릴 것이다.

그러나 배신자라는 낙인이 가진 힘은 어마어마했다.

"우리는 기다리면 되는 거야."

"헐."

"그나저나 이제 경찰에 잠깐 들를까?"

노형진은 씩 웃었다.

⚖

그들의 단단한 공조는 사소한 곳에서부터 무너지기 시작

했다.

접대라면 당연히 이루어져야 하는 것. 그것부터 말이다.

의리고 뭐고 없는 것이 현실이니까.

"확실한가요?"

"그럼요."

눈앞에서 다리를 꼰 자세로 앉아 있는 여자를 보면서 노형진은 다시 물었다.

"그 당시에 그 가해자 측 변호사라는 녀석하고 판사하고 같이 왔어요."

그녀는 술집에서 일하는 여자였다.

술집에서 일한다고 해서 그냥 호프집은 아니었다. 속칭 '나가요 걸'.

그런 그녀가 가장 먼저 정보를 들고 찾아온 것이다.

'당연하다면 당연한 건가.'

불법적이고 사회적으로 좋은 소리를 듣지 못하는 직업이다 보니 아무래도 자신과 연고가 없는 곳에서 일하는 것이 저쪽 업계의 룰이다.

이는 다시 말하면 여기와는 아무런 관련이 없다는 뜻이다.

그녀는 돈만 받아서 다른 동네로 뜨면 그만이다. 그러니 그녀의 입장에서는 거리낄 게 없었다.

"처음에는 몰랐죠. 하지만 이번에 거기서 이야기하는 걸 들어 보니까 알겠던데요?"

이것이 법이다

히죽 웃은 여자.

그녀는 자신이 받을 보상에 대해 잔뜩 기대하는 얼굴이었다.

"증거는요?"

"증언으로는 안 되는 건가요?"

"아무래도요. 같은 업소 사람들이 한꺼번에 증언한다면 모르지만, 저쪽에서 돈 때문에 하는 거짓말이라고 할 수도 있어서요."

"그렇다면야 뭐."

마치 예상이나 한 듯 지갑에서 뭔가를 꺼내 드는 그녀.

노형진은 그걸 받아 들고는 움찔했다.

그건 그녀가 찍은 셀카였다.

그녀의 옆에 보이는 남자는 헐벗은 채로 비몽사몽하고 있었고, 건너편에 있던 남자는 아예 정신이 나간 듯 소파에 누워서 잠들어 있었다.

"이건 언제 찍은 겁니까?"

"같이 일하던 여자가 바깥에 나갔을 때 찍었지요."

"헐."

노형진은 그 두 사람의 얼굴을 기억하고 있었다. 판사와 변호사였다.

그들은 얼마나 술을 퍼먹었는지 제대로 정신도 못 차리고 있었다.

"언젠가 쓸 만한 일이 있으면 쓰려고 했지요."

"쓸 만한 일?"

"이쪽 동네가 텃세가 좀 심해서요."

어깨를 으쓱하면서 말하는 그녀.

맞는 말이다.

시골이 인심이 좋다고 하지만 그건 어디까지나 동향 사람을 기준으로 하는 거고, 외부에서 온 사람들에게는 엄청난 텃세를 부린다.

실제로 낙향했다가 텃세에 시달려서 포기하고 다시 도시로 돌아오는 사람도 적지 않다.

그리고 자기들끼리 뭉치는 지역일수록 그 텃세는 더욱 심하다.

"더러워서 그만두려고 하고 있었거든요. 솔직히 잘사는 동네도 아니고 말이죠. 잘살기라도 하면 돈이라도 벌지, 그렇지도 않으면서 얼마나 거들먹거리던지. 그래서 광주나 부산 쪽으로 가 보려구요."

마침 옮기려고 하는 와중에 제법 큰돈을 만질 수 있는 사건이 벌어진 것이다.

"어때요? 이 정도면 충분한가요?"

"그럼요. 다만……."

"알아요. 이미 짐 다 빼 놨어요."

그녀가 그 지역에 남아 있으면 보복당할지도 모른다.

그렇기 때문에 증거를 제출하려면 그녀가 여기에 있으면

안 된다.

"그렇다면야."

노형진은 그 사진을 받고 3천만 원을 건넸다.

그녀는 그걸 흡족한 표정으로 받아 들었다. 사진 한번 잘 찍어서 큰돈이 생긴 것이다.

"아, 그리고 내가 아는 녀석이 물어봐 달라고 하던데요."

"뭘요?"

"자기 룸살롱에 접대하러 왔던 장면이 찍혀 있는 CCTV가 있는데 얼마에 살 거냐고 하던데요?"

노형진은 그녀 쪽으로 몸을 수그렸다.

"그래요? 그러면 자세한 이야기를 좀 해 볼까요?"

노형진은 웃으면서 거래를 시작했다.

⚖

집단 강간 가해자들, 사건 은폐를 위해 배우를 협박

해당 경찰의 사건 은폐 증거 나와

당시 판사 사건 기억 안 난다고 발뺌

하나씩 들어온 증거들은 노형진을 통해 언론사로 빠르게 빠져나가기 시작했다.

고발해 봐야 어차피 자기 사건을 자기가 조사하는 꼴이 될 게 뻔하기 때문이다.

'언론의 힘은 강하지.'

언론에서 강하게 때리면 상부에서 조사할 수밖에 없다.

그리고 그렇게 조사하면 사건은 처음부터 조사를 새로 할 수밖에 없다.

일사부재리의 원칙으로 인해 기본적으로는 처벌을 못 한다고 해도, 그건 어디까지나 합당한 경우에 해당한다.

만일 압력이나 로비, 기타 범죄로 사건을 은폐한 경우에는 처벌도 다시 새로 할 수 있다.

그렇게 되자 똥줄이 타는 것은 바로 범인들이었다.

"제발요."

무릎을 꿇고 싹싹 빌고 있는 남자.

아니, 청년이라고 해야 하나?

그는 눈물 콧물을 좍좍 흘려 가면서 빌고 있었다.

그럴 수밖에 없었다.

"다시는 감옥에 가기 싫어요, 흑흑흑."

"엄밀하게 말하면 거기는 감옥이 아니라 구치소야."

노형진은 눈앞에 있는 남자에게 말했다.

"그리고 죄를 지었으면 가야지."

"다시는 안 그럴게요. 다시는 안 그래요. 진짜예요."

"누차 말하지만 다시 안 그러는 게 아니라 다시 못 그럴 거라니까."

노형진 때문에 인생이 망가질 상황에 처하자 사람들의 반응은 세 가지로 나타났다.

하나는 법대로 하라며 변호사를 선임하는 무리.

다른 하나는 어떻게 해서는 협상해 보려고 하는 무리.

마지막 하나는 그러지도 못하고 빌기만 하는 무리.

'그리고 내가 노리는 건 바로 세 번째 놈들이지.'

지금까지의 모든 것들이 세 번째 녀석들을 자극하기 위한 사전 작업이나 마찬가지였다.

첫 번째 타입은 집이 부자인 녀석들이다.

그 녀석들은 반성하지도 않고 자신들의 권력을 이용해서 사건을 덮었다.

두 번째 녀석들은 그래도 어느 정도 사는 녀석들.

그 녀석들은 권력은 없어도 어느 정도 돈을 주고 사건을 무마할 수 있다.

'하지만 세 번째 녀석들은 아니지.'

돈도 백도 없는, 학교 다닐 때 소위 말하는 시다바리 처지였던 녀석들.

그리고 일진이랍시고 주먹 하나 믿고 깝치던 녀석들.

그런 녀석들은 이 상황을 타개할 수가 없었다.

"각오는 하고 일 시작한 거 아냐?"

"하지만 제 인생은요!"

"내 알 바 아니지, 네가 피해자 인생 알 바 아니었던 것처럼."

단호하게 선을 그어 버리는 노형진의 태도에 절망이 가득해지는 녀석.

"다만 합의서는 써 줄 수 있는데."

"네?"

"너도 알다시피 말이다, 이건 친고죄지."

고개를 번쩍 드는 녀석.

"그러니까……."

조용히 말하려고 하는 노형진. 그 사이로 손채림이 잽싸게 끼어들었다.

"배신하면 넌 산다는 뜻이야."

"헐."

노형진이 하려고 하는 말을 가로챈 손채림은 단도직입적으로 말했다.

"너도 그 사건에 대해 잘 알지? 현장에 있었잖아?"

"네."

"그리고 무슨 로비를 했는지도 대충은 알고?"

"네."

"그걸 까발려. 그러면 우리가 합의서도 써 줄게. 그러면 넌 처벌받지 않겠지."

"그, 그렇지만……."

"어차피 너희, 거기서 쫓겨났잖아?"

"……."

그 지역이 강간범을 옹호한다고 해서 모든 지역민이 그러는 건 아니다.

힘과 돈을 가지고 있는 놈들은 어쩔 수 없지만 세 번째 타입, 즉 돈도 백도 없는 녀석들은 더러운 강간범 취급 이상도 이하도 아니었다.

"어차피 취업이라도 할 수 있는 건 아니잖아? 어차피 거기서 살지도 않고."

"그거야 그런데……."

"그러면 네가 뭘 걱정해?"

"그건……."

남자는 고개를 폭 숙였다. 그리고 작게 중얼거렸다.

"그러면 합의서 써 주시는 거예요?"

"물론이지."

그는 고개를 끄덕거렸다. 그리고 조심스럽게 물었다.

"저기…… 다른 애들은……."

"다른 애들?"

"저 말고도 저랑 비슷한 처지가 된 애들이 많거든요."

학교 다닐 때는 같이 사고를 쳤지만 이제 성인이 된 상황이다.

그리고 부모는 자식이 못된 짓을 저지르면 자기 자식이 못된 놈이라고 생각하지 않고 그 친구가 나쁜 놈이라고 생각한다.

당연히 최우선은 그들을 잘라 내는 것이다.

'알지.'

노형진은 히죽하고 속으로 웃었다.

학교 다닐 때는 일진이랍시고 몰려다니면서 의리니 어쩌니 하지만, 학교에서 나오고 성인이 되는 순간 인간은 급이 나뉘어 상위 인간이라 생각하는 녀석들은 하위 인간들을 무시하기 시작한다.

더군다나 이런 경우는 더더욱 말이다.

'자기 자식을 감옥에 보내기 싫어서 사건을 은폐한 거지, 저 애들이 불쌍해서 그런 건 아니거든.'

결과적으로 성인이 된 후에는 서로 다른 길을 간다.

"그 녀석들도 증언해 주면 당연히 합의해 드립니다."

"감사합니다! 감사합니다!"

"단! 선착순 열 명입니다."

"네?"

"반성도 안 하는 녀석들을 봐줄 수는 없지 않습니까? 나중에 합의해 준다는 말에 기웃거리는 녀석은 사절하지요."

그는 격하게 고개를 끄덕거리기 시작했다.

그가 간 후 노형진은 손채림을 바라보면서 툴툴거렸다.

"아까 그거 내 대사 아냐?"

"어떤 거?"

"까발리라는 거."

"그러니까 내가 한 거야."

"응?"

"넌 말을 너무 어렵게 해."

"뭐?"

노형진은 기가 찼다.

자신은 그래도 변호사치고는 상당히 말을 쉽게 하는 편이다.

대부분의 변호사들은 무슨 말을 하는지도 모르게 빙빙 돌려서 말하는 습관이 있다.

그럴 수밖에 없는 게, 사법연수원에서 그런 식으로 배우니 당연한 거다.

노형진이야 서민들을 대하면서 많이 쉽게 고친 거지만.

"나, 쉬운 편이거든."

"그래도 저런 애들이 알 것 같아? 네가 돌려서 말하는 거 하나도 못 알아듣는 눈치더만."

"응?"

"저 애들은 공부 잘하는 타입이 아니잖아?"

"아……."

보통 사람들은 일진이라고 하면 공부 못한다고 생각한다, 바로 지금 만난 사람처럼.

물론 공부 잘하는 일진도 있다. 보통 부모가 돈이 많으면 그렇다.

하여간 그런 아이들은 제대로 학업을 배우지 않아서 약간만 난해하게 말해도 못 알아듣는다.

"그냥 대놓고 말하니까 바로 알아듣잖아."

"쩝."

노형진은 입맛을 다시면 고개를 스윽 돌렸다.

"뭐, 그럴 수도 있지."

"그래서 이제 어쩔 거야?"

"응?"

"원하는 대로 내부에서 고발자가 나왔잖아. 이제 내부 고발이 시작되면 저들은 무너질 텐데."

"뭐, 그렇기는 하지."

노형진은 고개를 끄덕거렸다.

"이제 끝?"

"아니. 그러면 복수의 의미가 없지."

노형진은 고개를 흔들었다.

"복수는 말이야, 내가 당한 것의 열 배는 돌려줘야 한다고. 은혜는 열 배로 원수는 백 배로 몰라?"

"하지만 어떻게?"

"기억나, 영화배우 한 명 공격당한 거?"

"기억하지."

얼마 전에 이번 사건의 고발 영화를 찍던 여자 배우를 누군가 습격했다.

차 문을 부수고 차의 창문을 깨고 패악질을 하고는 도망갔다.

그러나 범인은 잡지 못했다.

용의주도하게, 촬영이 끝나고 돌아가는 으슥한 도로에서 습격한 데다가 차량의 번호판을 종이와 테이프로 가려 뒀기 때문이다.

"그 짓을 한 건 가해자들 중 한 명이라고 생각했잖아?"

"그렇지."

"직접 하지는 않았을 거 아냐."

"또, 또 돌려 말한다."

"알았다, 알았어. 딱 봐도 그 사건 이후에 패가 갈린 것 같은데 과연 그때 가해자들 중에서 가난하고 못사는 놈들이 했을까, 아니면 잃을 게 많은 놈들이 했을까? 당연히 후자지. 전자는 아마 그런 영화를 찍는 것도 몰랐을 테니까. 그러면 당연히 누군가 사람을 썼을 거 아냐? 누가 그랬을까? 기억나? 그때 자기가 조폭이라면 보복하겠다고 으름장 놓던 아저씨 한 명 있었잖아."

"아! 맞아. 그런 인간 있었어."

"일개 영화배우한테도 그러는데, 과연 일개 배우가 아니라 내부에서 고발자가 생기면 어떻게 할까?"

손채림은 곰곰이 생각하다가 피식 웃었다.

"아주 화끈하게 인생을 말아먹어 버릴 생각이구나."

"백 배라니까, 후후후."

"이런 미친 새끼들!"

한무는 안절부절못하고 있었다.

그는 지역 조폭의 아들이며 또한 그 당시 사건의 주범이었다.

그런 그에게 얼마 전 충격적인 소식이 들려왔다.

"아빠, 어떻게 해요?"

"음……."

한무의 아버지 한성은 심각한 표정이 되었다.

"이게 사실이냐?"

"네. 이 새끼들이 다 까발린대요."

자신과 일진 짓을 하던, 그리고 그 당시 강간에 동참했던 녀석들이 차마 양심의 가책을 못 이기겠다면서 기자회견을 하겠다고 문자를 보낸 것이다.

그것도 무려 열 명이다.

"이런……."

한성은 당황했다.

그럴 수밖에 없는 게, 단순히 양심선언의 문제가 아니기 때문이다.

'이러면…….'

분명히 재조사에 들어갈 테고, 그러면 그 당시 자신들이 로비한 모든 사람들에 대해서도 조사가 진행될 것이다.

'내가 자리를 잡으려고 얼마나 고생했는데.'

한 지역에 조직의 터를 잡고 인맥을 만드는 데 들어가는 돈은 적지 않다. 그래서 지난번 사건도 전국적으로 그렇게 욕을 먹으면서도 사건을 무마할 수 있었다.

그런데 고발이라니.

'잘못하면 기반이 흔들린다.'

그는 이를 악물었다.

그렇게 둘 수는 없다. 안 그래도 요즘에 주변에서 꼰지르는 녀석들이 생겨서 그쪽에서 거래를 끊으려고 하는 상황에 말이다.

"걱정 마라. 아빠가 해결할게."

그는 그렇게 말하면서 재빨리 전화를 사방으로 걸기 시작했다.

물론 자기 혼자서 할 수 있는 일이기는 하다. 하지만 그렇게 되면 얼마나 많은 돈이 들어갈지 도무지 감이 안 잡혔다.

한두 명도 아니고 열 명이라니.

그리고 그날 밤 황급하게 모여든 사람들은 어쩔 줄 몰라 하기 시작했다.

"이게 사실입니까?"

"네."

"아니, 왜 그쪽 아들한테만 연락이……."

"모르겠습니다. 그나마 제 아들이랑 친했던 녀석이라서

그런 걸지도요. 확실한 건, 이 상태로는 우리 모두 망한다는 겁니다."

"설마요."

"지금 설마라고 생각한 겁니까?"

한성은 그 말을 한 남자를 무섭게 노려보았다.

"벌써 주변에서 우리한테 거리를 두려고 합니다. 그걸 모르십니까?"

"……."

다들 아무런 말도 하지 못했다.

인터넷에는 이미 자신들과 관련된 살생부가 퍼지고 있다.

물론 누가 만들었는지 예상은 하지만 확실한 증거가 없어서 삭제하는 것 말고는 답이 없었다.

변호사들을 사서 대응도 하고 있지만 변호사들이 요구하는 돈이 점점 늘어나는 상황.

"이 상황에서 양심선언까지 가면 치명타입니다. 절대로 그렇게 둬서는 안 됩니다."

"그러면 어쩌자구요? 그 망할 녀석들에게 돈을 주자는 겁니까?"

"안 됩니다."

한성은 이를 악물었다.

돈이 얼마나 무서운지는 자신이 잘 안다.

한번 돈맛을 보면 그들은 몇 번이고 이걸 핑계로 돈을 요구할 것이다.

"그렇다면 방법은 하나뿐이지요."

그 말뜻을 알아들은 사람들은 움찔했다.

"그건 좀……."

"아니면 망할 겁니까? 지금 걸리면 단순히 우리 애들이 처벌받는 것만으로 안 끝날 겁니다."

"으음……."

그때 처벌을 받게 놔뒀다면 일단 아이들은 소년원에 갔을지 몰라도 자신들에게는 영향이 없었을 것이다.

하지만 이제는 아이들이 성인인 만큼 소년원이 아니라 교도소로 가게 될 것이고, 자신들은 그 당시 로비와 뇌물을 뿌린 게 걸릴 뿐만 아니라 자신들이 만들어 낸 인맥과 카르텔. 그 모든 게 사라질 것이다.

자신들은 이 지역에서 알아준다는 유지들이다. 그리고 그걸 지키기 위해서는 그들이 필요하다.

"젠장…… 일이 이렇게 커질 줄이야."

"그 망할 변호사가 이렇게 이를 갈고 있을 줄은……."

보통 변호사는 사건이 끝나면 볼일이 없다. 그래서 지금까지 조용히 칼을 갈고 있을 거라고는 누구도 예상하지 못했다.

"그러면 어쩌자구요. 열 명이나 됩니다."

"실종자로 처리해야지요."

"네?"

"한국에서는 남자가 실종되면 수사 자체를 하지 않습니다."

움찔하는 사람들. 설마 설마 했기 때문이다.

"살인까지는……."

"살인이 아니라 실종입니다, 실종."

"실종……."

"하지만 저 혼자 할 수 있는 수준이 아니라서요."

"네?"

"열 명이나 되는데 제가 혼자 어떻게 처리합니까? 그 새끼들이 눈치채고 잠수 타면 골치 아픕니다. 한꺼번에 처리해야 하는데……."

다들 서로 눈치를 보기 시작했다. 자신들이 하기는 싫기 때문이다.

한성은 눈을 찌푸렸다.

"직접 하라는 게 아니라, 돈이 든다 이겁니다."

"돈?"

"네."

흠칫 떠는 사람들.

"돈 조금 내고 말래요, 아니면 인생 말아먹을래요? 당신들은 모르지만 난 잡혀가면 여럿이 곤란해질 겁니다."

다들 침묵을 지켰다.

사건 당시 선두에 서서 로비를 한 게 그였다. 즉, 자신이 잡혀가면 다 까발리겠다는 뜻이다.

"얼마인가요?"

누군가의 말.

"이봐요!"

"그러면 그 새끼들이 우리 인생을 망가트리게 할 겁니까, 우리 자식 인생을 망가트린 것처럼?"

"······."

"쓰레기는 치워야 할 거 아닙니까?"

"으음······."

다들 더 이상 반박하지 않았다.

"이번에는 좀 비쌀 겁니다. 무려 열 명이나 되니까요."

자신의 애들을 동원할 수 있는 일이 아니다.

조폭이라고 하지만 개나 소나 다 살인을 할 수 있는 깡을 가진 것은 아니니까.

그렇다면 전문가를 불러야 한다.

"알겠습니다."

한 명이 고개를 끄덕거리자 다들 어쩔 수 없다는 듯 고개를 끄덕거렸다.

∆∇

허창수는 주변을 보면서 눈을 데굴데굴 굴렸다. 자신의 옆에는 두 명이 더 있었던 것이다.

"이게 마지막이지?"

"그래."

"빨리 처리하자고."

무심하게 말하는 그들은 허창수를 내려다보면서 마치 불쌍하다는 듯 중얼거렸다.

"미친 새끼. 양심이 뭐라고 입을 나불거려."

"읍읍!"

"그러니까 조용히 입 닥치고 살아야지. 오입질했으면 그걸로 끝나야지, 왜 입을 나불거리려고 해."

"읍읍!"

허창수가 뭐라고 소리를 질렀지만 다들 그런 허창수를 그저 무시했다. 풀어 줘 봐야 들려올 건 살려 달라는 소리밖에 없다는 걸 알기 때문이다.

그리고 그들은 그럴 생각이 없었다.

끼익.

드디어 멈춘 차량.

그들은 차에서 내려서 허창수를 끌고 어디론가 향했다.

어딘가에 도착하자 그곳에는 다른 사람들이 함께 묶여 있었다.

그들은 묶인 채로 바닥에 나뒹굴고 있었다.

"구멍은?"

"저기."

한구석에 파인 커다란 구멍.

그걸 본 허창수는 얼굴이 창백해졌다.

"열 명 다 들어가겠어?"

"어차피 산속이야. 그냥 둬도 산짐승들이 뜯어 먹어."

"하긴, 쓸데없이 땀 뺄 이유는 없겠지."

그는 그렇게 말하면서 칼을 꺼내 들었다. 그리고 묶여 있는 열 명을 바라보았다.

"언제나 세 치 혀가 문제야. 안 그래?"

히죽거리면서 그들에게 다가가려던 그는 뭔가 이상하다는 생각이 들었다.

"뭐지?"

"왜?"

"느낌이 이상한데."

"뭐가?"

"저 새끼들이 곧 죽을 녀석들 같아 보여?"

"응?"

그러고 보니 이상한 점이 있었다.

보통 상황이 이쯤 되면 대부분 살기 위해 온몸으로 빌거나 반대쪽으로 기어서라도 도망간다. 그러지 못한다고 해도 눈물을 좍좍 뽑는 게 보통이다.

그런데 그들의 모습에는 그런 게 없었다.

물론 두려워 하기는 하지만, 자신들이 지금까지 죽여 온 그런 사람들과는 다른 느낌.

"야! 빨리 처리해! 이런 씨팔."

일이 꼬였다는 걸 알아챈 동료가 칼을 뽑아 들었다. 죽이는 데 동참할 생각인 것이다.

"묻을 시간 없어! 빨리 죽이고 가자!"

"읍읍읍!"

그러자 다른 동료들까지 칼을 빼 들었다.

그러자 그제야 기겁하면서 몸부림치는 열 명.

'이게 정상인데.'

그런데 아까는 그런 모습을 안 보였다.

킬러는 다급하게 그들에게 다가가려고 했다. 그러나……

"윽!"

엄청난 바람이 그들에게 불어닥쳤다.

주변에 나무가 가득한데 이렇게 강한 바람이 불어올 이유는 없다. 이유는 단 하나.

두두두두.

하늘에서 내려오는 바람의 원인. 바로 헬기였다.

"손들어! 움직이면 쏜다! 이곳은 완전히 포위되었다!"

모두의 시선이 하늘로 향했다.

거기에는 경찰 헬기가 떠 있었고, 그곳에서부터 총을 든 경찰 특공대가 빠르게 헬기 레펠로 내려오고 있었다.

"이런 씨팔……."

그들은 도망가려고 했지만 이미 늦었다.

저쪽은 헬기에 총까지 가지고 있다. 그에 반해 이쪽은 고작 다섯 명에 무기는 칼뿐이다.

더군다나 도망간다고 한들 저들의 말대로 포위되어 있을 가능성이 높다.

완벽한 함정이었기 때문이다.

"큭……."

쨍그랑 소리와 함께 떨어지는 칼.

그들은 두 손을 하늘로 올린 채, 바닥에 쓰러져 있는 열 명을 바라보았다.

⚖️

"대박일세."

노형진은 피식 웃으면서 뉴스를 봤다.

열 명을 살인하려던 자들이 잡혔다는 뉴스.

"예상한 거야?"

"아니. 이렇게까지 막장일 거라고는 생각 못 했지. 난 그냥 납치해서 린치나 가하겠지 싶었는데."

노형진은 그들을 확실하게 엮고 싶었다.

그래서 허창수를 설득해서 조폭의 아들에게 문자를 보내게 했다, 사실을 까발리겠다고.

그러면 어떤 반응이 있을 거라 생각하면서.

"아무리 자수하는 새끼라고 하지만 그래도 강간범인 건 변함없잖아? 그 정도 일은 해 줘야지."

"그 정도? 죽을 뻔했는데?"

"예상외였다니까."

사실 최초 목적은 그렇게 도발하여 그들이 사람을 보내서 집단 린치를 가하게 하는 것이었다.

그러면 그들을 폭행과 폭행 사주로 엮어서 잡아들일 수 있기 때문이다.

"그런데 킬러라니……. 도대체 얼마나 구린 거야?"

노형진은 눈을 잔뜩 찡그렸다.

"덕분에 아주 한 방에 탈탈 털었네."

"그건 그런데."

킬러는 한성의 살인 교사에 대해 털어놨고, 한성은 결국 살인 교사로 잡혀갔다.

그리고 한성의 계좌를 털면서 그에게 돈을 준 가해자의 부모들이 잡혀갔고, 그들이 또 입을 열면서 경찰, 검찰, 법원까지 올라갔다.

결국 시장까지 연루된 것이 드러났고 시장을 통해 법무부 차관에게까지 뇌물이 전달된 것이 드러났다.

"아주 끝이 없구먼."

그 사이에 돌아다닌 돈만 10억대였는데, 그 뇌물은 가해자들의 부모들이 낸 것이다.

그 뇌물을 조사하면서 아예 조사도 받지 않은 예순 명에 대해서도 조사가 이루어졌는데, 그들이 낸 뇌물까지 합하면 무려 30억대가 넘는 뇌물이 뿌려진 셈이었다.

"기념비적이라고 해야 하나……."

손채림은 우울하게 말했다.

이런 식이라면 그 당시에 제대로 처벌받지 않았던 게 이해가 간다. 심지어 언론에 그렇게 까발려졌는데도 말이다.

"국민이 냄비라고 생각했겠지."

그때야 시간이 지나면 다시 조용해질 거라 생각한 것이리라.

대부분의 경우는 그게 현실이고.

"아마 우리가 아니었다면 그들이 원하는 대로 되었을 거야."

그 당시 부모가 뉴스에서 공개적으로 한 말이 있었다.

이게 얼마나 가느냐.

그리고 실제로 두 달도 되기 전에 사람들은 그 사건에 대해 말도 하지 않았다.

"하지만 10년은 안 기다렸잖아?"

손채림의 말에 노형진은 고개를 끄덕거렸다.

10년은 안 기다렸다. 이제 남은 것은 단 하나.

"이제 수금이나 하러 다닐까나."

일거리가 늘어난 걸 알아챈 손채림은 투덜거릴 수밖에 없었다.

구역질 나는 놈들

"우웨에엑!"

손채림은 동영상을 보다가 결국 참지 못하고 나가서 오바이트를 하고 말았다.

그건 다른 사람도 마찬가지였다. 당장이라도 오바이트를 하고 싶은 얼굴이었지만 그저 꾹 참을 뿐이었다.

"그만 봅시다."

노형진은 결국 동영상 플레이어를 꺼 버렸다.

더 이상 볼 의미가 없다.

"제가 왜 가지고 왔는지 알겠지요?"

"이게 설정이 아니라고?"

"아마도요. 내가 의사는 아니지만 사람 목이 저렇게 덜렁

거리는 걸 봐서는 아닌 것 같은데요?"

"큭⋯⋯."

이수종은 어깨를 으쓱했다. 자신도 확신하지 못한다는 투다.

하지만 어찌 되었건 이건 심각한 문제다.

"이게⋯⋯ 도대체 뭡니까?"

다시 들어온 무태식은 얼굴이 사색이 되어서 말했다.

지금 본 장면은 차마 말할 수 없이 잔인한 장면이었다. 한 여자를 강간하면서 죽이는 장면.

그것도 그냥 죽이는 게 아니라, 커다란 칼로 찔러 죽이는 장면.

여자의 비명, 몸부림. 그 모든 게 들어 있는 처절한 영상.

"스너프 필름라고 합니다."

"스너프 필름?"

"네."

강간과 고문 그리고 살인을 찍은 영상. 그걸 스너프 필름이라고 한다.

"도대체 왜 이딴 게 있는 거야?"

손채림은 안으로 들어오면서도 힐끗 화면을 바라보았다. 혹시나 지금까지도 그 영상이 플레이되고 있나 해서였다.

그렇다면 안 들어올 모양이었다.

"그러니까 넌 보지 말라고 했잖아, 볼만한 게 아니라고."

"아니, 일은 해야 할 거 아냐?"

"일도 일이기는 하지만…… 이건 사람이 볼 게 아니야."

노형진은 신음을 내면서 말했다.

맞는 말이다. 이건 사람이 볼 게 아니다.

"자세하게 이야기 좀 해 보게, 노 변호사…… 도대체 저게 뭔가?"

이수종은 새론에서 고용한 해커다.

그의 업무는 공식적으로 서버 관리와 보호지만, 비공식적으로는 '다크 웹'이라 불리는 약 97%에 달하는 인터넷 영역에서 정보를 모으는 것도 포함된다.

이 영상도 그가 그곳에서 가지고 온 것이다.

"스너프 필름은 말 그대로 잔혹 영상입니다. 영화의 스토리나 설정을 위해 가짜로 꾸민 게 아니라 진짜로 가해지는 강간과 고문 그리고 살인에 대한 영상이지요. 변태 성욕을 넘어서 미친놈들에게 공급되는 일종의 포르노이지요."

"이딴 게 포르노라고?"

당황한 표정이 되는 송정한.

도대체 어떤 미친놈이 이런 걸 보면서 흥분을 한단 말인가?

"그러니까 미친놈이라고 한 겁니다. 일반적으로 스너프 필름은 조작해서 찍는 경우가 많은데……."

노형진은 그 말까지만 하고 더 이상 말하지 못했다.

그럴 수밖에 없는 게, 아까 그 장면은 아무리 봐도 조작으로 보이지 않았기 때문이다.

"그리고 조작이면 '살려 줘, 엄마.'라고 한국어로 외치지 않았겠지요."

이수종은 침울하게 말했다.

그가 이 영상을 가지고 온 이유. 그건 영상에서 나온 비명 때문이었다.

살려 달라고 비는 여자의 비명. 그리고 그걸 비웃는 가면을 쓴 남자.

"도대체⋯⋯ 이딴 게 있다니⋯⋯."

"그러니까 다크 웹이라고 하는 겁니다. 우리가 아는 더러운 면은 진짜 세상의 1%나 될까요."

이수종의 말에 노형진은 고개를 끄덕거렸다.

자신들이 일반적으로 하는 소송은 더러움의 1% 안에 들어가는 것이다.

"가장 큰 문제는 스너프는 주문생산이라는 겁니다."

"뭐라고!"

"그게 무슨 말인가!"

"주문생산이라니!"

기겁하는 사람들.

오로지 이수종만이 아무런 말도 하지 않을 뿐이었다.

노형진은 그런 그를 안타깝게 바라보았다.

그의 나이는 어리다. 그런데 도대체 얼마나 더러운 부분까지 본 것일까?

그런 노형진에게 송정한은 답을 재촉했다.

"빨리 말해 보게, 주문생산이라니!"

"이런 제정신이 아닌 물건을 보고 흥분하는 사람이 흔한 건 아니죠. 이런 걸 비디오 회사에서 내줄 리도 만무하거니와, 만든다고 해서 수익이 날 리 없죠."

"그럼 이걸 주문받아서 판단 말인가?"

"네."

"아니, 그걸 뭐요?"

무태식은 부들부들 떨면서 말했다.

"일단은 합법이거든요."

"뭐라고? 저게?"

"아, 저건 아닙니다. 전 세계적으로 비슷한 걸 공급하는 업체가 존재합니다. 물론 그들은 철저하게 합법이고, 그들이 공급하는 영상은 조작이지요."

피해자들과 가해자들인 배우들이 연기하며, 피나 내장 그리고 혈관 등은 모조리 가짜 소품이다.

"하지만 자극은 끝이 없지요."

처음에 그에 만족하던 녀석들도 점점 자극이 익숙해지면 더 강한 자극을 찾는다.

"그들이 파는 건 스너프가 아니에요. 그냥 가학성 영상이지."

"그런데?"

"문제는 진짜로 스너프를 파는 놈들이 있다는 거죠."

"미친놈이군."

노형진이 씁쓸한 얼굴이 되었다.

"미친놈이 아니라는 게 문제죠."

"뭐라고?"

"스너프 필름을 정의할 때에는 세 가지가 들어가야 합니다. 그렇지 않다면 그걸 그냥 범죄 영상이지, 스너프가 아니죠. 살인 영상을 찍은 놈들은 많지만 그게 스너프라고 불리지 않는 이유입니다."

"세 가지?"

"첫 번째, 수익을 목적으로 할 것. 미친놈이거나 연쇄살인범이라서가 아니라 돈 때문에 사람을 납치하고 고문하고 죽이는 거죠. 두 번째, 납치와 살인, 시체 처리까지 반복할 수 있는 안정적인 지원이 된다는 겁니다. 세 번째는 판매 라인이 완성되어 있다는 겁니다."

"헐……."

다들 침묵을 지켰다.

한참 침묵하던 송정한은 힘겹게 입을 열었다.

"그러면 아까 그건 살인 영상인 건가?"

노형진의 말대로라면 그건 심각한 문제이기 때문에 송정한은 차라리 스너프가 아니라 살인 영상이기를 바랐다.

물론 그것도 심각한 문제이지만.

그러나 노형진은 고개를 흔들었다.

이것이 법이다

"전 아까 보면서 피해자가 아니라 주변에 신경을 썼습니다."

"뭐라고?"

보통은 그런 영상을 보면 충격에 다들 피해자에게 시선이 쏠린다.

그런데 노형진은 다른 것을 봤다니?

"카메라 동선이나…… 조명이나…… 그림자요."

"그게 무슨……?"

"최소 네 명이 찍은 겁니다. 카메라가 한 명, 조명 한 명, 등장인물에 두 명……."

"미친……."

그렇다는 건 제대로 촬영된 스너프라는 뜻이다.

"스너프는 다크 웹에서 거래돼요. 뭐, 상황에 따라 달라지지만 보통 1천만 원에서 시작되죠."

"1천만 원!"

"전 세계를 대상으로 판매하면 수십억을 벌 수 있지요."

이수종의 말에 다들 경악했다.

최하 1천만 원이면 삼백 명에게만 팔아도 30억이다.

전 세계에 미친놈이 삼백 명만 있을까? 더군다나 하나가 아니라 여러 개라면…….

"그리고 여러 가지 상황을 봐서는 이게 제작된 곳이 한국일 가능성이 높아요."

"뭐라고? 한국?"

"네."

등장인물은 동양인 한 명 그리고 서양인 한 명이다.

그거 말고는 얼굴도 가리고 해서 정보가 없다. 장소도 회색의 시멘트 벽이 보이는 공간뿐이었다.

"설마…… 여자가 한국인이라서 그런 건가?"

"그것도 있지만……."

이수종은 곤란한 표정을 지었다.

노형진은 그런 그를 보면서 다독거렸다.

"말해요, 걱정하지 말고."

"다크 웹에서 소문이 돌아요, 업자들이 한국에 진출했다고."

"미친……."

그의 말에 따르면 다른 나라에서 추적받자 안전한 장소로 이동하려고 했는데 그곳이 다름 아닌 한국이라는 것이다.

"진짜인가?"

"다크 웹에는 정보가 넘치죠. 어떤 건 가짜고 어떤 건 진짜지요. 하지만 그걸 판단하는 건 본인이에요. 저도 확신은 못 해요. 하지만 지금까지 한국인이 출연한 스너프는 확인된 적이 없어요."

"한국인 스너프라니? 설마……."

"보통은 필리핀이나 중남미의 치안이 극도로 안 좋은 곳에서 촬영됩니다. 그런 곳은 수사조차도 안 되니까요."

노형진은 눈을 찡그리면서 말했다. 그리고 속으로도 걱정이 앞섰다.

'문제는 우리나라 경찰이 그다지 유능한 편은 못 된다는 거지.'

물론 그런 곳들은 워낙 막장이라서 그런 것이다.

한국 경찰은 그들보다는 확실히 유능하다. 부패했다고 하지만 그들보다는 깨끗하고 말이다.

문제는 경험이 없다는 것.

"한국은 스너프 같은 것에 대한 경험이 없습니다. 아마 잡는 법도 모를 겁니다."

"아이피 추적 같은 거 못 하는 건가?"

한국에서 인터넷 범죄를 추적하는 가장 효율적인 방법은 바로 아이피를 추적하는 것이다.

그런데 이수종이 피식 웃었다.

"인터넷에서 200달러만 내면 아이피를 조작해 주는 장비를 살 수 있어요. 스너프 업자들이 병신도 아니고, 그걸 고정 아이피로 팔겠어요?"

"아⋯⋯."

"솔직히 저도⋯⋯ 이 사건을 경찰에 신고해도 효율적으로 조사할 수 있을지는 모르겠습니다."

물론 신고를 안 할 수는 없다. 해야만 한다.

사람이 죽은 문제이고 전국이 발칵 뒤집힐 일이다.

그러니 알려야 한다.

"일단은…… 신고부터 하죠."

노형진은 다음에 벌어질 일이 예상되자 걱정될 수밖에 없었다.

"이게 진짜인가요? 조작이 아니고? 이걸 보면서 즐긴다고요?"

주영민 검사는 영상을 아주 잠깐만 보고도 경악을 금치 못했다.

단순히 경찰에 신고해서는 안 될 거라는 결론하에, 김성식 변호사를 통해 가장 믿을 만한 검사와 접촉한 것이다.

"어떤가?"

김성식은 주영민을 바라보면서 물었다.

그나마 젊은 검사고 또 힘을 쓸 수 있는 자리에 있으면서 인터넷에 익숙한 그였기 때문이다. 그가 인터넷 수사를 전담하는 것도 있고.

"충격적이네요."

주영민은 심각한 얼굴로 말했다.

"이런 정보가 있었나?"

"전혀요."

얼굴을 와락 찡그리는 주영민.

그럴 수밖에 없는 게, 검찰 내부에서도 다크 웹에 대해 알고 있고 또 그곳을 관리하는 곳이 있기 때문이다.

그 안에서 범죄 사항을 감시하는 정도가 한계이기는 하지만.

"그들을 너무 뭐라고 할 수는 없습니다. 아시지 않습니까? 고작 네 명이서 뭘 어쩌겠어요."

"끄응……."

맞는 말이다.

전담 팀이 있기는 하지만 말이 전담이지, 팀원이 고작 네 명밖에 안 된다.

미국처럼 백 명이 넘는 인원에 슈퍼컴퓨터에 준하는 지원을 해 주는 게 아니라 그냥 팀원 네 명에 업무용 컴퓨터가 다다.

더군다나 그들에게는 잡무가 또 따라붙는다.

전적으로 감시에 매달릴 수는 없는 상황.

"확실한 건가요? 한국으로 들어온 거예요, 한국인이 외국에서 납치된 게 아니라?"

그럴 가능성도 있다.

"아닙니다. 저희 쪽 팀에 따르면 말이지요."

"아니, 당신들은 도대체…… 돈이 썩어 넘치는 겁니까? 우리도 제대로 감시를 못 하는 걸……."

기가 막혀 하는 주영민 검사.

노형진은 그저 웃고 말았다.

"효율성의 문제지요."

새론에 저런 걸 전담하는 팀이 따로 있는 건 아니다.

물론 이수종이 하기는 하지만, 네 명이 못 하는 걸 아무리 그렇다고 해도 하는 데에는 한계가 있다.

그렇기에 이수종은 다크 웹을 감시함과 동시에 전 세계의 해커 집단과 연결하는 일종의 접선책 역할을 한다.

현상금을 걸어 화이트 해커들로부터 정보를 모으는 것이다.

그러니 속한 것은 그 한 명일지언정 감시 업무를 하는 것은 수천 명인 셈이다.

"외국에서 납치된 거라고 해도 문제가 되지만, 다크 웹상의 소문에 따르면 한국으로 입국한 게 거의 확실하다고 봅니다. 주문도 받고 있다고 하니까요."

"주문?"

"동양계 여성에 대한 주문요."

"이런……."

물론 동양이라고 하면 중국일 수도 있고 일본일 수도 있다. 동남아 쪽도 분명히 동양이기는 하다.

'하지만…….'

영상에 나온 장면은 확실히 한국인이었다.

몇 시간 동안 계속된 강간과 고문 그리고 살인. 그 와중에 계속된 비명은 분명 한국어였다.

"그나저나 골치 아프군요, 이걸 수사를 어떻게 할지……."

"수사야 뭐 방법이 없는 건 아닙니다. 문제는 의지지요."

"의지?"

"아이피를 변환해서 파는 거야 다른 놈들도 다 하는 방법이니까요."

주영민 검사는 고개를 끄덕거렸다.

"아이피 추적이 대표적이기는 하지만 방법이 그것만 있는 건 아닙니다. 방법이 그것뿐이면 인터넷 범죄를 추적도 못 하게요?"

"그럼 잡을 수 있나?"

김성식은 기대에 차서 물었다.

그런데 노형진도 주영민도, 얼굴이 어두웠다.

"왜 그러나? 설마 방법이 없는가?"

"뭐, 함정수사나 다른 방법이 없는 건 아니지만……."

"아니지만?"

"노 변호사님의 말씀대로 의지가 문제가 될 것 같네요."

"의지라니, 이런 걸 조사 안 하려 드는 미친놈도 있나?"

노형진은 씁쓸하게 웃었다.

김성식은 검사를 하고 왔다고 하지만 인터넷에 익숙한 세대가 아니기 때문에 이해를 못 하고 있는 것이다.

'단순히 그런 문제라면 얼마나 좋겠어.'

"무슨 의미인지 말을 해 보게."

"김 변호사님, 김 변호사님은 이런 걸 위해 수천만 원을 내실 생각이 있습니까?"

"미쳤나?"

"아니, 아니. 질문을 잘못한 것 같네요. 진짜로 좋아하는 취미 생활을 위해 수천만 원씩 지출할 의사가 있나요?"

"그건 무리지. 아무리 나라고 해도…… 아!"

그제야 김성식은 문제가 뭔지 알아차렸다.

"일반인은 이런 영상에 정상적으로 반응합니다. 이런 것으로 흥분하는 녀석들은 미친 것도 미친 거지만, 사소한 자극에는 반응 안 하는 경우도 있지요."

"설마……."

"설마가 아닙니다. 저도 스너프 필름에 대해서는 알고 있습니다. 미국에 연수 갔을 때 들었지요."

주영민 검사는 심각한 얼굴로 말했다. 그도 아예 모르지는 않았던 것이다.

비록 직접 본 건 처음이고 또 수사를 해야 하는 것도 처음이지만, 미국에 연수 갔을 때 그 수사와 관련된 이야기를 들은 적이 있었다.

"그 당시에 그쪽에서 수사했던 사람이 이야기하더군요, 아이피나 인터넷의 문제가 아니라 그 소비자가 문제라고."

이런 동영상을 주문하는 놈은 제정신도 아니지만 경제적으로도 만만한 놈이 아니다.

복제해서 파는 것도 1천만 원이 넘고, 아예 주문생산으로 하는 경우 억 단위로 요구한다고 한다.

"그걸 낼 수 있는 놈들이 문제인 거죠."

그 말인즉슨 상당한 능력을 가진 자라는 것이다.

"가진 자들은 보통 이것저것 자극을 겪어 봤습니다. 그래서 사소한 것에는 즐거움을 못 느끼죠."

"끄응……."

"저도 미국에서 그런 소리를 많이 들었습니다. 힘들게 추적해서 잡으려고 하면 거물이라 손대지 못한다고."

노형진은 고개를 끄덕거렸다.

"주문생산이라는 게 그냥 생긴 말이 아닙니다."

기존에 있던 걸 그냥 복제해서 파는 놈도 있지만, 가끔은 피해자의 타입을 선정하거나 콕 집어서 누구를 해 달라고 하는 놈도 있다는 것이다.

"스너프 필름이 도시 전설로 남는 데에는 다 이유가 있습니다."

노형진은 씁쓸하게 말했다.

대한민국에서 스너프는 도시 전설이라고 치부한다.

마치 한국에는 장기 매매 조직도 없고 인육 유통도 없다고 하는 것처럼.

하지만 이미 수차례 드러난 것처럼 모든 것이 존재한다. 다만 국가에서 인정하지 않을 뿐이다.

"눈을 돌린다는 건가."

"네."

인정하고 싶지 않지만 그게 현실이다.

"그리고 이런 걸 주문하는 놈은 하나만 가지고 만족하지 못하니까요."

"미국에서 한 놈이 잡혔는데 소장한 스너프 필름이 예순 개가 넘는다고 하더군요."

노형진과 주영민 검사의 말에 김성식은 경악을 금치 못했다.

그렇다면 예순 명이 넘게 살해당했다는 뜻이기 때문이다.

'남 말 할 처지는 아니지.'

한국에서도 비슷한 일이 있었다.

미성년자 두 명을 납치해서 강간 살해한 녀석이었는데, 그의 집에서는 일흔 개가 넘는 스너프 필름이 나왔다.

그런데 마치 전 언론이 짠 것처럼 그것에 대해 단 한마디도 하지 않았다.

"도시 전설이라……."

앞으로의 수사가 쉽지 않을 거라는 생각에 모두들 침묵을 지킬 수밖에 없었다.

⚖️

"신분이 나왔습니다."

얼마 뒤에 검찰 측에서 연락이 왔다. 실종자를 뒤져서 신분을 알아냈다고.

"이름은 서주희. 스물다섯 살이래요."

역시나 한국인이었다.

"참혹하군."

송정한은 안타깝다는 듯 말했다.

이렇게 딸이 죽었다는 사실을 안 부모들은 기분이 어떻겠는가?

아마도 세상이 무너지는 기분일 것이다.

"잔인한 말일지 모르지만…… 중요한 건 신분이 아니야. 다른 말은 없었어?"

노형진은 한숨을 쉬고는 말했다.

서주희는 죽었다.

물론 그녀가 불쌍하지 않다는 건 아니다. 하지만 더 이상의 피해자는 막아야 하지 않겠는가?

손채림은 얼굴을 찡그렸다. 노형진의 말이 맞기 때문이다.

그러나 결코 그게 마음에 드는 말은 아니었다.

"나도 잔인한 건 알아. 하지만 상황이 급하잖아. 단순 연쇄살인범과 업자는 달라."

연쇄살인범은 자기 기준이 있다. 그러니 그 기준이 충족되면 살인을 멈춘다.

그러나 업자는 아니다. 특히나 이런 스너프 업자는 더욱더 멈출 리 없다.

"하아, 알기는 하는데…… 일단…… 서주희는 여권도 없어. 실종 당시에도 한국에 있었고."

다들 침묵을 지켰다.

이게 뜻하는 건 한 가지뿐이기 때문이다.

"소문이 사실이군."

이수종이 했던 말. 한국에 스너프 제작 업자들이 들어왔다는 소문.

그게 사실이었던 것이다.

그렇지 않다면 국내에만 있는 피해자가 당할 리 없으니까.

"망할……."

김성식은 분노한 얼굴로 주먹을 꽉 쥐었다.

설마 이런 일이 벌어질 줄은 몰랐던 것이다.

"수사 중이기는 한데 증거가 너무 없대."

"그렇겠지."

영상 내에서는 위치를 추적할 만한 지표가 전혀 없었다.

신문도, 소리도 없었다. 회색의 완벽한 방.

"그리고 검찰에서는 표적이 된 것 같다고 하더라."

"표적?"

"서주희 씨 직업이 캐디였어."

"캐디?"

"그래. 고등학교를 졸업하고서 캐디로 바로 들어갔대. 못해도 수년간 세 곳의 골프장을 거쳤고."

노형진은 얼굴을 찌푸렸다.

캐디라는 직업은 골프장에서 골프를 치는 사람들을 서포

트하는 것이다. 당연히 부자들과 접점이 많다.

문제는 그거다. 너무 많다는 것.

그녀가 직접 서포트해 준 사람도 있을 테지만 다른 팀원이나 다른 식으로 접촉했을 사람도 많다.

더군다나 그들이 캐디에게 추근거리는 거야 일상이니 누군가 그녀를 점찍어서 주문했다고 해도 너무 숫자가 많다.

"더 이상 우리가 할 건 없나?"

송정한은 심각한 얼굴로 말했다.

"한계죠."

자신들은 의뢰받은 상태도 아니고, 그렇다고 공권력의 지원을 받는 상황도 아니다.

단독으로 조사한다고 해서 파고들 만한 권력도 없고.

"이럴 때는 그냥 검사로 있어야 했나 하는 자괴감이 드는군요."

김성식은 절망감을 느끼는 것 같았다.

하긴, 변호사로서 더 이상 뭔가를 하는 데 한계가 있으니까.

"하면 되죠."

"뭐라고?"

"물론 형사사건이기는 합니다. 하지만 변호사라고 해서 사건을 조사하지 말라는 법은 없습니다."

"검찰도 조사하고 있지만 뭐가 없다고 하지 않나?"

"그건 그들의 생각이고요."

노형진은 이를 악물었다.

"이 사건, 어떻게 해서든 해결할 겁니다. 그 미친놈을 잡을 때까지 절대로 멈추지 않을 겁니다."

노형진은 피해자의 비명이 귀에 울리는 듯했다. 그리고 그 비명은 그 범인을 잡을 때까지 멈추지 않을 것 같았다.

⚖

그다음 날부터 노형진은 다른 사건은 모조리 미뤄 둔 채로 그 사건에 매달렸다.

며칠이 지나고 검찰과 계속 공조했지만 검찰에서는 마땅한 증거가 없다는 말뿐이었다.

아니나 다를까, 아이피는 가짜였다.

분명히 한국에서 제작된 게 뻔한데 아프리카의 람부탄이라는 도시가 주소지라니.

'범인도 가면에 전신 타이즈를 입고 있어. 드러난 것은 성기 부분뿐이고. 조명과 카메라가 있기는 하지만 그 녀석들은 드러나지도 않은 상황이고……'

노형진은 이를 악물면서 다시 화면을 돌렸다.

그날 이후 이 빌어먹을 영상을 몇 번이나 보는지 모르겠다. 작은 증거 하나라도 찾아내기 위해 계속 그렇게 보고 또 보고 또 보고 있었던 것이다.

"너 미친놈 같아."

손채림은 노형진의 사무실로 들어오면서 얼굴을 찡그리며 말했다.

"미친놈을 상대하려면 나도 미쳐야 하니까."

노형진은 지친 듯이 이마를 손으로 짚으면서 의자에 길게 늘어졌다.

"이 망할 것은…… 몇 번을 봐도 익숙해지지가 않아."

노형진은 눈을 감은 그 상태로 중얼거렸다.

소리도 죽이고 오로지 증거만 모으기 위해 몇 번이고 보고 있었지만 익숙해질 수가 없었다.

이게 익숙해진다는 것은 제정신이 아니라는 뜻일 것이다.

"차라리 경찰이나 검찰에 맡겨! 거기서도 뭘 하겠지."

"그래서 뭐가 나왔어?"

"……."

손채림은 아무런 말도 하지 못했다.

사건을 맡긴 지 벌써 일주일이 지났다. 그러나 그쪽도 꼬투리를 못 잡고 있다는 것을 알고 있었던 것이다.

"그들을 무시하는 건 아니지만…… 솔직히 이런 걸 해결할 능력이 된다고는 못 믿겠다."

검찰도 경찰도, 이번 정권에 들어서면서 생계형보다는 극도로 정치적인 집단이 되어 가고 있었다.

추적해서 강도를 잡기보다는 딱지나 떼면서 실적을 쉽게

안전하게 쌓으려고 하는 모습만 보여 주고 있었고, 주요 수사는 공안 검사라 하는 작자들이 모두 틀어쥐고 있었다.

"위에서도 뭐라고 한다면서."

"하아."

노형진의 말에 손채림은 부정하지 못하고 한숨만 쉬었다.

실제로 얼마 전 주영민 검사가 상부로부터 들은 말이, 조작된 거 붙들고 있지 말고 다른 걸 수사하라는 얘기였다. 이번 사건을 넘기라면서.

"윗선에서 이미 작업이 들어간 거야. 검찰은 이제 믿을 수가 없어."

"아니, 도대체 왜 이런 걸 막는 거야? 진짜 경찰이나 검찰의 상부에 스너프 필름을 보는 녀석이 있는 거야? 아무리 그래도 그걸 막아? 미친 거 아냐?"

뇌물 같은 거야 누구나 다 받는 게 현실이고 서로 암묵적으로 모른 척한다는 일종의 룰이 있으니까 그걸 가지고 압력을 넣거나 할 수는 있다.

그러나 이건 절대 허용될 수 없는 범죄다. 아주 후진국도 아니고 말이다.

"봐서 문제라기보다는 인정해서 문제인 거야."

"뭐?"

"전에도 말했다시피 경찰은 인육 유통이나 킬러가 한국에 없다고 말하고 있어. 알지?"

"알지."

"그런데 진짜 없을까?"

이미 인육 유통에 대해서는 상당한 증거가 나왔다.

방송국에서 수사해서 인육이 제약 형태로 유통되는 것도 증거가 나왔고, 킬러의 경우는 벌써 몇 번이나 경찰에 잡혔다.

물론 개인적으로 부탁받았다고 하지만 킬러라는 게 결국 개인적 부탁 아니던가?

"사건을 은폐하고 싶은 게 아니라 시끄러운 게 싫은 거야."

"시끄러운 게 싫다?"

"그래."

킬러고 인육 유통이고 스너프고, 현실적으로 존재를 인정하면 여론은 박멸하라고 난리를 칠 것이다.

문제는 이 세 가지는 박멸하는 게 쉽지 않다는 것.

워낙 은밀한 데다가 조심성이 많기 때문이다.

외국에서는 그런 조직을 잡기 위해 함정수사나 내부에 경찰을 잠입 수사시키는 경우도 많지만, 한국은 그런 게 전혀 없다. 당연히 박멸은 불가능하다.

"이 모든 게 그냥 일하기 싫어서라고?"

"공무원들의 가장 강력한 이유지. 안 그래?"

"설마."

"설마가 아니야."

실제로 경찰은 보이스 피싱은 절대로 박멸할 수 없다고 주장해 왔다.

그러나 모 지역의 경찰서장이 어떤 사유로 눈이 돌아서 지역을 이 잡듯이 뒤지기 시작하자 그 지역에 있는 모든 보이스 피싱 조직이 박멸되었고, 수년간 그 지역에서 관련 피해는 전무했다.

"결국은 일을 하지 않겠다는 의미지."

스너프 필름을 가진 놈들은 존재하지 않는다는 식으로 슬쩍 주장하면 그 책임을 지지 않기 위해 아래에서 일을 하지 않는 것이다.

"소극적 방관이라는 거야?"

"원래 그런 거야."

대놓고 뭐 하지 말라고 하는 경우는 상당히 이례적이고 드물다.

압력으로 비칠 수도 있거니와, 또 그랬다가 도리어 의심의 대상이 될 수 있으니까.

하지만 공식적으로 뭐가 없다고 생각한다고 발표하면 아래는 그걸 핑계로 일을 하지 않는다.

'공무원이라는 게 참⋯⋯.'

실제로 미래에 부정 청탁 금지법이 만들어졌을 때 대부분의 사람들이 그걸 환영했다.

그런데 부작용이 뭐였냐면, 공무원들이 그걸 핑계로 외부로 나가서 누군가를 만나 일을 하려 하지 않았다는 것이다.

이것이 법이다

결국 정부는 그 때문에 그 가격을 상당히 올려야 했다.

돈이 생길 일이 없자 일을 안 하는 것이 공무원들의 전형적인 방식이었던 것.

"지금도 마찬가지야. 공식적으로는 아무런 의미도 없어. 그러나 위에서 존재하지 않는다고 하면 그냥 존재하지 않는 게 되는 거야."

"자기가 일하기 싫으면 남이 하는 건 놔두든가!"

"그러면 실적이 되거든."

노형진은 피식하고 웃었다.

"두고 봐. 이게 어느 정도 해결되면 위에서 사건을 넘기라고 할 거야."

정식으로 사건을 배당한 것도 아니고, 인지 사건이라고 해서 범죄를 인지하고 그걸 수사하는 중이다.

그리고 관련 보고서가 올라가면 그때는 정식으로 사건이 되는데, 그때는 누구에게 배당시킬지 모를 일이다.

'그러다가 재수 없으면 다시 도시 전설이 되겠지.'

그나마 넘겨받은 놈이 제대로 수사하면 괜찮은데, 삽질을 하거나 결탁하는 경우도 있기 때문에 노형진은 그게 걱정이었다.

"그렇다고 네가 여기에 매달리면 어쩌자는 거야? 다른 정보 팀도 있잖아."

"이건 정보 팀이 할 수 있는 게 아니야. 뭔가 보일 듯한데……."

노형진은 이를 악물었다.

조금만 더 조사하면 보일 듯한데 마치 안개에 가려진 것처럼 뿌연 색으로 안 보인다.

"그렇지만 네 꼴을 봐. 벌써 일주간 집에도 안 가고 잠도 제대로 못 자고."

보다 못한 손채림이 막 화를 내려고 하는 찰나였다.

띠리링.

다급하게 울리는 노형진의 핸드폰.

노형진은 무심결에 그걸 받아 들었다가 움찔했다.

'이수종.'

자신이 고용한 아이이기는 하지만 반가운 건 아니다.

그 아이 성격대로라면 안부차 전화했을 가능성은 없기 때문이다.

반대로 말하면 또 전화를 피할 만한 게 아니라는 뜻이기 때문에 그는 떨리는 손으로 전화기를 받아 들었다.

"여보세요."

ㅡ노 변호사님.

"이 시간에 어쩐 일이야?"

현재 새벽 3시다. 다른 사람은 다 자고 있을 시간이다. 그런데 전화라니.

ㅡ메일을 확인해 보세요.

"메일?"

자신의 메일을 열어 본 노형진은 움찔했다.

거기에는 대용량 첨부 파일이 하나 들어 있었던 것이다.

"설마······."

―새로운 피해자예요.

그 통화를 듣고 있던 손채림은 얼굴이 사색이 되기 시작했다.

"······."

동영상을 보는 시간은 짧았다.

대략 5분 미만.

그 안에서 알 수 있는 건 피해자의 얼굴 정도.

"이건 열두 시간 전에 업로드된 거예요."

이수종은 한심스럽게 말했다.

"그런데 왜 이건 풀 영상이 아니야?"

"원래 풀 영상은 상당한 돈을 내야 해요. 지난번의 건 어떤 사람이 인터넷에서 해킹해서 얻어 낸 거지만."

이번 건 해킹한 게 아니라 일부 영상이 올라온 것이다.

정확하게는 피해자의 얼굴과 공간만 나왔을 뿐이다.

"그럼 이건 홍보용이라는 건가?"

"그런 거죠."

"미친······."

스너프 필름을 팔아먹기 위해서는 그 존재를 어필해야 한다.

그러니 그걸 미리 알리고 출연하는, 아니 희생자가 누군지 알려서 구매자들을 자극하려는 것이다.

"하, 하지만…… 아무리 봐도 10대인데?"

화면 속에 나온 소녀는 대략 열네 살에서 열다섯 살 정도. 그 아이는 잔뜩 겁먹은 채로 살려 달라고 울고 있었다.

그러나 동영상 내에는 그녀가 우는 것 말고는 아무것도 찍혀 있지 않았다.

"미친놈들이 나이를 따질 것 같아?"

노형진은 피곤한 눈을 비비면서 말했다.

아무리 피곤하다고 해도 이 사건을 멈출 수가 없었다.

"벌써 두 번째 희생자야. 소문이 날수록 희생자는 기하급수적으로 늘어나겠지."

노형진은 정신이 멍했다. 눈에 보이는 것도 없이 흐릿할 정도였다.

"이미 실종자를 찾기 시작했으니……."

"실종자가 누군지가 중요한 게 아니잖아? 지금 어디에 있는지, 어떤 상황인지 모르는 게 중요한 거지."

어쩌면 지금은 살아 있을지도 모른다. 어쩌면 아직 도움을 바랄지도 모른다.

그렇다면 저 아이를 구해 줄 시간이 있다.

'하지만…….'

누구도 그 이상 말하지 못했다.

똑같은 공간에서 똑같이 진행되고 있는 일이다. 그런데 지난번에는 아무것도 없었다.

"수사가 진행된 건 없습니까?"

"애석하게도요. 그런데 위에서 어떻게 알았는지 사건을 넘기라고 하더군요."

노형진은 얼굴을 찌푸렸다.

자신의 예상대로 되어 가고 있었기 때문이다.

"공안인가요?"

"네."

위에서는 공안 검사에게 넘기라고 했다.

공안 검사는 상당히 정치적인 인간이다. 그렇다면 의미하는 것은 두 가지 중 하나다.

"사건을 덮든가 실적을 빼앗든가, 목적은 둘 중 하나겠군요."

사건을 덮고 싶다면 자신의 말을 듣는 사람에게 배당하는 것은 당연한 일이다.

아니면, 사건에 진척이 있다면 그걸 빼앗아서 승진시켜 주고자 하는 공안에게 배당시켜 주든가.

"아무래도 전자 같습니다."

"전자?"

하긴, 당연하다면 당연한 거다.

지금 아무런 조사 결과도 나온 게 없는데 실적을 탐할 수는 없으니까.

"잠깐 말을 섞었는데 대놓고 도시 전설을 파고들어 봐야
좋을 게 없다는 투로 말하더군요."

"넘겨받을 사람이요?"

"네."

"끄응……."

이미 그는 수사의 방향을 정한 것이다. 그리고 결과에 맞
춰서 수사를 하게 될 것이다.

과거 2차대전 당시에 독일 과학자들이 아리아계의 우수성
을 입증하는 데에 맞춰서 연구한 것처럼 말이다.

"그래서 못 넘긴다고 했습니다."

"조작이라……."

노형진은 과연 누가 덮으려고 하는 건지 의심이 들었다.

'제장…… 누군지도 모를 녀석인데…….'

결국 누군가 스너프의 진실을 아는 녀석, 아니 그 스너프
를 가지고 있는 녀석이 중간에 끼어 있다는 소리였다.

"정치적인 부분은 제가 알아서 하겠습니다. 그쪽도 상당
히 힘을 쓰려고 하는 모양이지만 저도 백 하면 적지 않게 있
는 놈입니다."

주영민 검사는 김성식을 염두에 두고 자신 있게 말했다.

'하긴.'

김성식 변호사 정도면 상당한 백이고 그를 통하면 더 위쪽

으로도 올라가니까.

"그쪽 공격은 제가 막을 수 있으니 노 변호사님은 이 문제에 집중해 주셨으면 합니다. 솔직히 저희 쪽에서는 답이 안 보입니다."

"국과수 쪽에 맡겨 보셨어요?"

"네. 그런데 우선순위에서 밀렸습니다."

"미친!"

물론 국과수도 일거리가 많아서 난리인 것은 안다.

하지만 이런 걸 가장 우선 조사해 줘야 다른 사람들이 피해를 안 입는다. 그런데 우선순위에 밀렸다니.

"아마도 일종의 언질이 갔겠지요."

가진 것은 동영상뿐인데 그걸 분석해 줘야 그나마 증거가 나온다. 그런데 그마저도 막혀 버리다니.

"뭐, 싸우려면 싸울 수도 있지만 솔직히 분석해도 뭐가 나올 것 같지도 않고요."

주영민 검사는 고개를 흔들었다.

수많은 경험이 있었지만 이런 식으로 사방이 완벽하게 막혀 있는 곳에서는 영상을 분석해서 뽑아낼 수 있는 정보에 한계가 있다.

"있는 거라고는 저 망할 공간이 전부이니……."

"젠장! 이 망할 공간에 뭘 어쩌라는 거야!"

노형진은 절로 탄식이 나왔다.

완벽하게 가려진 공간이다. 보이는 것은 오로지 회색의 벽뿐.

무슨 정보라도 좋으면 있으련만 아무런 정보도 없었다.

"놈들도 자신이 있는 거야."

송정한은 이제는 알겠다는 듯 말했다.

"뭐가요?"

"우리가 자신들을 잡지 못할 거라는 걸 말이야."

"큭……."

맞는 말이다.

아무런 물건도 없는 상황에서 뭘 어떻게 찾으란 말인가?

"공간……."

노형진은 멍하니 허공을 바라보았다.

공간.

저들이 있는 공간…….

아무것도 없는 회색의 공간.

마치 그 공간에 자신이 갇혀 있는 느낌이었다.

'머리가 굳었나…….'

어쩌면 손채림의 말이 맞는지도 모른다.

본다고 해서 알게 되는 것도 아니고, 증거도 없이 계속 봐
봐야 자신에 대한 고문이 될 뿐이다.

'공간이…….'

의자에 기대어 멍하니 천정을 바라보던 노형진.

그는 그다음 순간 자리에서 벌떡 일어났다.

"왜 그러나!"

"공간! 씨발! 내가 왜 그 생각을 못 했지?"

"무슨 소리야, 노 변호사? 방법이 있는 건가?"

"한 가지 가능성이 있습니다."

지금까지 한숨도 자지 못한 것이 마치 거짓인 것처럼 노형진의 눈이 활활 불타오르기 시작했다.

노형진은 바로 주영민 검사와 함께 대학을 찾았다.

주영민 검사는 별로 탐탁지 않은 얼굴이었지만 스스로도 한계에 부딪혔다는 생각을 해서 그런지 순순히 노형진의 방법에 따랐다.

그들을 만나 영상을 본 교수는 기겁했다.

그나마 피해자와 가해자를 모자이크로 처리했는데도, 그는 당장이라도 토할 것 같은 얼굴이었다.

"피해자와 가해자에 대해서는 신경 쓰지 마세요. 중요한 건 공간입니다."

노형진은 이글거리는 표정으로 말했다.

"배경에 보이는 공간에 대해 뭐든 좋으니 정보를 말해 주세요."

"노형진 변호사라고 했나요? 내가 아무리 토목공학과 교수라고 하지만 구조물을 보고 주소를 알아내지는 못해요."

고개를 흔드는 교수.

하지만 노형진이 원한 건 주소가 아니었다.

"주소가 아니라 저 장소를 특정할 수 있는 다른 정보에 대해서요! 콘크리트의 특성에 대해 논문 쓰셨잖아요?"

"그거야 그런데……."

"그러니까 저 공간을 이루고 있는 콘크리트에 대해 특징을 잡을 게 없을까요?"

"콘크리트라……."

누구나 피해자와 가해자에 대해서나 신경을 쓰지, 공간 자체를 이루고 있는 회색의 벽에 대해서는 신경을 쓰지 않는다.

하지만 전문가의 관점에서 봤을 때에는 달라 보일 수 있다는 것을 노형진은 생각해 낸 것이다.

"오로지 벽만 보세요. 다른 것도 필요 없습니다. 벽만."

하얀 종이로 피해자가 나오는 모니터 부분을 가린 노형진.

소리도 끄고 오로지 벽만 표시되게 만들었다.

"벽이라……."

교수는 고개를 끄덕거리면서 뚫어지게 바라보았다.

그리고 한참이 지나서 조금씩 정보가 나오기 시작했다.

"이상하군요."

"뭔가 알아내셨습니까?"

"화면상에서 보면 하얀색의 침전물이 흘러나오는데……."

"그거야 흔하게 보이는 건데."

"정상적이라면 나오면 안 되는 겁니다."

원래 콘크리트는 모래와 자갈 그리고 시멘트를 일정량 섞어서 만든다.

"그때 제일 중요한 것은 모래입니다."

"모래?"

"네. 사람들은 그냥 쉽게 모래라고 생각하지만, 모래는 엄밀하게 말하면 염분이 없어야 해요. 염분이 들어 있으면 시멘트가 부식되면서 저런 현상이 벌어지니까."

그래서 제일 좋은 모래는 강모래다.

하지만 그 양이 부족하기 때문에 대부분의 건설업자들은 가격이 싼 바닷모래를 쓴다.

물로 한번 씻어서 쓴다고 하지만 제대로 씻는 게 쉬운 게 아닌 데다가 그 양이 어마어마하니 염분이 완벽하게 사라지지 않는다.

"그런 면에서 보면 저건 상당히 오래된 공간이군요."

하얀색으로 부식이 일어나면서 그 흔적이 남아 있고, 그 때문에 벽 자체의 탈락도 이루어지고 있었다.

"그런 걸 봐서는 30년 이상 된 건물입니다. 대략 40년쯤 된 것 같군요."

"40년."

그러면 대략 1970년대에서 1980년대 사이에 만들어진 공간이라는 뜻이다.

"건축 공법도 그렇고요. 콘크리트 조각이 벽에서 떨어져서 드러난 철근도 그 당시 사용되던 형태고……."

공간은 확실히 드러난 게 맞다.

주영민 검사는 약간은 기대하는 얼굴이 되었다.

"혹시 그러면 이런 곳이 어딘지 알 수 있을까요?"

"너무 많아서요."

"많다고요?"

"70~80년대쯤이면 한국이 상당히 발전하던 시기입니다. 당연히 건축물도 많지요. 아마도 지하 주차장 같은 형태인 듯한데……."

그때는 어마어마하게 많은 건물이 생기던 시점이다.

더군다나 88 올림픽에 대비해서 어마어마한 수의 건물들이 세워졌다.

"솔직히 그 당시에는 자재도 부족하고 일거리도 많았기 때문에 부실 공사가 흔했습니다. 외부만 놓고 보면 70년대일 가능성이 크지만 부실 공사가 원인이라고 하면 80대 후반까지도 잡을 수 있어요."

"큭……."

원래 바닷모래는 한번 씻어서 써야 한다. 그러나 그 당시에는 올림픽에 대비해서 어마어마한 공사가 시작되었고, 그 때문에 모래도 부족해서 씻지도 않고 마구 쓰는 경우도 흔했다.

그 점을 생각하면 터무니없이 반경이 넓어진다.

"미안합니다."

교수는 어쩔 수 없다는 듯 화면에서 고개를 뗐다. 자신이 알아낼 수 있는 최대한까지 알아낸 것이다.

그러나 노형진은 이미 그 안에서 정보를 얻어 낸 상태였다.

"주차장 같다고요?"

"네? 아, 네. 형태로 봐서는 그럴 것 같습니다. 빈 공간이 넓잖습니까? 일반 건물이라면 중간에 이렇게 벽이 없이 탁 트여 있을 가능성은 높지 않지요."

확실히 공간은 그렇게 생겼다.

하지만 노형진은 다른 부분에 대해 신경을 쓰고 있었다.

"그렇다고 보기에는 기둥이 너무 많지 않습니까?"

"기둥?"

"네."

화면을 약간 조작하자 화면 너머에 기둥이 보였다. 그리고 생각보다 기둥이 촘촘하게 많아 보였다.

"흠…… 특이한 형태군요."

교수는 그렇게 생각하면서 그 장면을 다시 살피기 시작했다.

"이런 형태면 건물이 안정적이기는 해도 차량이 그다지 많이 들어가지 못할 텐데. 특히나 구석 쪽은 아예 차량이 들어갈 구조가 아닌데요?"

아까는 보지 못했던 부분. 그게 보였던 것이다.

"그걸 어떻게 아신 겁니까?"

깜짝 놀라는 주영민 검사.

노형진은 씁쓸하게 미소 지었다.

"수백 번은 봤을 겁니다."

"아……."

수백 번씩 보면서 어떻게든 증거를 잡으려고 했다. 그래서 그 안에 있던 형태는 대략 기억이 났다.

"그러고 보니 이상하군요."

"뭐가요?"

"기둥이 이렇게 많은 건 그 당시 공법이 아닌데요?"

가운데에 기둥을 두면 건물의 안전성에는 도움이 많이 되지만 죽는 공간이 생긴다. 즉, 공간 효율성이 떨어진다.

그래서 그 당시에는 꼭 필요한 기둥이 아니면 없애곤 하다 보니 부실 공사로 이어지곤 했다.

그 대표적인 예가 바로 삼풍백화점이다.

영업을 위해 임의로 기둥을 없애는 바람에 무게를 지탱하지 못한 것이다.

"그러면 기존에 있던 뭔가를 철거한 겁니까?"

"그건 아닌 것 같습니다."

철거하면 그 흔적은 남는다. 그런데 이건 그런 흔적도 없다.

그렇게 한참을 보던 교수는 문득 의아한 표정이 되었다.

"이상하군요."

"뭐가요?"

"전선이 없습니다."

"전선?"

"코드 말입니다, 전기를 공급하는 공간요. 형태로 봐서는 분할된 공간이고 영업점들이 들어가는 형태인 것 같은데 전선이 없다?"

고개를 갸웃하는 교수.

그는 뭔가 갑자기 생각난 듯 몇 번이고 화면을 돌렸다.

그때마다 가끔씩 튀어나오는 극악스러운 장면에 토할 것 같은 얼굴을 했지만 그는 멈추지 않았다.

스스로도 지금 얼마나 중요한 사건인지 알고 있었기 때문이다.

"마감 상태도, 한 것도 아니고 안 한 것도 아니고…… 형태는 주차장인데 매연에 의한 오염도 안 보이고."

중얼거리던 그가 갑자기 자리에서 벌떡 일어났다.

"어디 가십니까?"

"뭐 좀 확인해 볼 게 있습니다."

그는 구석에 가서는 어떤 책을 꺼내 들었다. 그리고 뒤적거리기 시작했다.

딱 봐도 오래된 냄새가 물씬 풍기는 책.

"그건……?"

"제 스승님께서 쓰신 거죠."

"스승님?"

"네."

"책에 저런 공법이 나오나요?"

"아무래도 시대가 바뀌니까요. 기념으로 제가 가지고 있던 책입니다만……."

한참을 뒤지던 그는 뭔가 알아차린 듯 그 책을 가지고 왔다.

"저런 공간 형태에 대해 나오는군요."

"나와 있다고요?"

"그게 정말입니까?"

노형진과 주영민은 자리에서 벌떡 일어났다.

진짜로 저런 공간 형태에 대한 설명이 있을 줄이야.

"네, 이러니…… 제가 모르지요. 이런 게 만들어졌을 때전 대학생도 아니었으니까요."

"네?"

책의 한 페이지를 펼쳐서 보여 주는 교수.

그 안에는 영상에 나오는 공간과 비슷해 보이는 공간이 예시 사진으로 찍혀 있었다.

"이건?"

"벙커입니다."

"벙커?"

"정확하게 말하면 대피소죠."

"대피소라니요?"

"그 당시에는 지하 주차장이라는 개념이 희박했으니까요."
"아!"
88 올림픽을 준비하면서 한국에서 걱정했던 것 중 하나가 바로 북한이었다. 이 미친놈들이 뭔 짓을 할지 모르기 때문이다.

실제로도 그들은 해외에서 한국의 대통령을 암살하기 위해 폭탄을 터트리는 등 미친 짓을 했으니까.

"그 당시에 정부에서 비상시 관광객들을 대피시키기 위한 공간을 만들려고 했습니다. 실제로도 만들었구요. 한국은 엄밀하게 말하면 교전 국가이니까요."

"그래서……."

"네, 그게 벙커죠. 영화에 나오는 것처럼 장기 생존용으로 만들어진 건 아닙니다. 그러면 제일 중요한 건 안전성과 공간이죠."

미국 같은 곳은 최악의 재해에 대비해서 장기전용으로 만들지만, 한국의 경우 북한이 공격하면 그때는 전면전이 되는데 그렇게 되면 유엔군이 참전하게 되어 있기 때문에 오래 숨어 있을 이유가 없다.

길어야 일주일이면 미군과 유엔군이 올 테니까.

"다수의 기둥. 그리고 전기는 필요 없죠. 어차피 벙커라는 건 숨어 있는 공간이니까. 그리고 전쟁이 나면 가장 먼저 부서질 게 발전소니까."

필요한 것은 수도와 위생 시설 정도.

"아!"

그렇다면 이 교수가 모를 수도 있다.

현대에 와서는 지하 주차장이 그 벙커 역할을 할 수 있도록 설계하는 것이 대세이기 때문이다.

"그렇다면 이들이 벙커에 있다는 말인가요?"

"그럴 가능성이 높아 보이는군요. 실제로도 수많은 벙커가 만들어졌지만 대부분 써 보지도 못하고 철거되었으니까요."

"그런……."

농담이 아니다.

서울의 최고 도심지라고 하는 여의도에서 누구도 모르던 벙커가 발견된 게 얼마 되지 않았다.

지하라는 특성상, 그리고 쓰이지 않았다는 특성상 그런 공간이 없으라는 법은 없다.

"으음……."

"왜 그러십니까?"

듣고 있던 노형진의 얼굴이 창백해지자. 주영민 검사는 무슨 일인가 하고 고개를 갸웃했다.

이제야 그나마 흔적다운 흔적을 찾았는데 얼굴이 창백해지다니?

"이건…… 우리 예상하고는 전혀 다르군요."

"예상?"

"네."

노형진은 이 상황을 어떻게 해결해야 하나 고민이 앞섰다.

"무슨 예상요?"

"전 그냥 어디 지방에 숨어 있을 줄 알았습니다. 그런데……."

"그런데라니요?"

"88 올림픽의 다른 이름이 뭔지 아십니까?"

"당연히 알죠. 그거 모르겠습니까? 서울 올림픽 아닙니까?"

서울에서 올림픽을 열었고 역사책에도 나오니 그걸 모를 리 없다.

"서울에서 했으니 당연히 서울 올림…… 맙소사."

주영민은 말을 하다 말고 아차 싶었다.

서울 올림픽이고 당연히 관광객은 서울로 몰렸다. 그리고 그 관광객을 위해 벙커를 만들었다면…….

"범인들은 서울에 있는 겁니다."

생각지도 못한 상황이 이번 사건을 뒤흔들고 있었다.

"아름답지 않아."

노형진은 휘황찬란하게 빛을 발하는 서울 도심을 보면서 얼굴을 찌푸렸다.

설마 범인들이 서울 한복판에 있을 거라고 생각도 못 했기 때문이다. 보통은 은밀하고 으슥한 곳에 숨어 있으니까.

"허점을 찌른 거 아냐? 서울에 외국인이 얼마나 많아? 그 안에 숨어 있으면 누군지 알겠냐고."

"그래, 네 말이 맞아."

손채림도 예상치 못한 상황에 놀라기는 했다.

서울 한복판에 그런 미친놈들이 활개치고 있을 줄이야.

"시골이면 더 눈에 들어오겠지."

시골에서는 그런 외국인이 드물다. 그러니 숨겠다고 시골에 갔다가는 도리어 눈에 더 보일 수도 있다.

"그리고 그게 더 문제이기도 하고."

"더 문제라고?"

"생각해 봐. 녀석들이 한국에 대해 잘 알지도 못하는데 사람 사이에 숨는다는 것을 생각이나 할 수 있겠어?"

더군다나 한국인들도 잘 모르는 벙커에 대해 알아내고 그걸 아지트로 쓴다는 것은 불가능하다.

"그게 뜻하는 건 한 가지뿐이야."

범죄자 중에는 한국인이 끼어 있다는 것이다.

"아……."

그 부분까지는 생각하지 못한 건지 손채림의 얼굴은 더욱 어두워졌다.

"그나마 다행인 건 벙커라는 걸 알았다는 건데……."

"그게 불행이기도 하지."

벙커에 대한 기록이 없었다.

언제 소실된 건지 모르지만 관리 내역이 전혀 없기 때문에 어떤 장소에 어떤 벙커가 있는지도 모르는 상황이다.

일부는 건물을 지으면서 발견되어 철거가 되기도 했을 테지만 어딘가에는 그 벙커가 여전히 존재하고 있을 가능성이 높다.

"기록이 없으니……."

누군가 그 기록을 추적했다면 그놈을 범인으로 알고 추적할 수도 있겠지만 기록 자체가 없다. 그러니 기록을 추적하는 것은 불가능.

"개인 벙커는 아닐까?"

"무리야."

개인 벙커라고 하면 그 규모에 한계가 있다.

그런데 아무리 봐도 영상에 나온 모습은 개인 벙커라고 하기에는 너무나 컸다.

'하긴, 그러니까 서울 한복판에서 그런 짓거리를 할 수가 있지.'

누구도 모르는 과거의 잊힌 벙커라면 소리가 새어 나올 리 없다.

더군다나 입구가 개인 주택 같은 곳에 있다면.

"그러면 어떻게 찾지?"

"글쎄다. 일단 찾는 방법이 곤란하기는 한데……."

"그렇게 오래된 공간을 아는 사람은 없나? 공사에 참가했다거나."

"그런 사람이 있다고 해도 한두 곳이 아닌데……."

한꺼번에 여러 곳이 만들어졌으니 한 곳이나 두 곳은 알아도 다른 곳은 모를 가능성이 크다.

"그래도 공고라도 내 봐야 하는 거 아냐?"

"그래야 하나. 하지만 그렇게 되면 도망갈 가능성이 있어."

범인들이 수사 중인 것을 아는지는 알 수 없다.

그러나 공고를 내는 순간 알아채고 도망갈 것이다.

"그나마 잡은 기회야. 다른 곳에 자리 잡고 사고 치면 추적도 못 할 테고."

그때는 더더욱 잡기 힘들어질 것이다.

최악의 경우 숨어 다니면서 스너프를 만들기 시작할 텐데, 그때는 잡는 건 진짜 요원한 일이 될 것이다.

"그렇다고 그냥 둘 수는 없잖아? 오래된 건물을 마냥 뒤질 수도 없고."

"그렇지. 잠깐…… 뭐라고?"

"오래된 건물을 마냥 뒤질 수는 없다고."

노형진은 어쩌면 그게 가능할지도 모른다는 생각이 들었다.

"왜 그런 생각을 해? 하면 되잖아?"

"서울에 건물이 몇 개인데!"

"그렇기는 하지. 하지만 40년 넘은 건물은 그다지 많지 않아."

"응?"

"내가 왜 생각을 못 했지? 생각해 봐, 벙커의 공간은 상당히 넓어."

"그렇지."

"그런데 서울은 많이 발전했지. 상당수 건물들이 재건축을 통해 건물을 올렸어."

"그런데?"

"그리고 그런 곳들은 지하 주차장이 필수야."

"그렇지."

"반대로 말하면 자기 건물뿐만 아니라 주변에 있는 건물도 제대로 건축이 이루어지지 않아야 그 벙커가 유지되었을 거라는 뜻 아냐?"

"응?"

"생각해 봐. 아주 큰 건물에 있는 벙커가 알려지지 않았을 리 없잖아?"

결국 작은 건물들이 몰려 있는 곳에 있는 벙커가 된다는 소리다.

가령 운동장이나 대형 건물에 있는 벙커는 존재가 드러날 수밖에 없다. 많은 사람들이 쓰니까.

"하지만 오래되고 관리가 잘 안 되는 곳은?"

"아!"

그런 곳은 분명히 있다.

"아무리 벙커가 깊어도 30미터는 안 돼. 민간용이니까. 그렇다는 건 지하 주차장이 있는 건물 주변은 배제하면 된다는 거야!"

그리고 그런 기록은 분명히 남아 있다.

벙커가 있다는 기록은 없지만 현재 뭐가 있는지 기록은 있다.

"당장 가서 찾아보자!"

노형진은 바로 전화기를 들었다. 주영민 검사를 부르기 위해서였다.

"어쩌면…… 길이 보일지도 모르겠어."

드디어 그 녀석들에게 가까워진다는 생각에 노형진은 다급하기만 했다.

"이건…… 예상도 못 했습니다."

주영민 검사는 혀를 내둘렀다.

설마 노형진이 진짜로 찾아낼 거라고는 꿈에도 생각 못 했던 것이다.

"정확한 위치는 아닙니다. 다만 가능성이 높다는 것뿐이죠."

서울에서 그런 공간을 찾는다는 것은 하늘의 별 따기였다.

대부분의 도심지는 개발을 통해 재건축을 했고, 건물 한두 개는 그냥 써도 주변에 있는 다른 건물들은 재건축을 해서 벙커가 드러날 수밖에 없다.

단 한 곳만 제외하고.

"북촌이라니."

북촌은 오래된 도시다.

한옥 마을이라고 불리는 공간으로, 지금은 관광객이 넘치는 관광지다.

"누구도 모를 만하죠."

관광객이 넘치는 이곳에 누가 스너프 필름 제작자가 있으리라고 생각하겠는가?

"하지만 상식적으로 생각하면 가장 근접한 위치입니다."

한옥에 지하 주차장이 있을 리가 만무하다.

애초에 관광지로서의 가치 때문에 지하 주차장을 만들 리 없다.

더군다나 그 당시, 즉 88 올림픽 당시를 생각하면 가능성은 더욱 높아진다.

"그 당시 저곳은 상당한 부촌이었습니다."

지금이야 아파트가 부자의 기준이 되었다지만 그때는 한옥에 산다는 것이 부자의 기준이었다.

잘나간다는 사람들은 한옥에서 많이 살았고, 그 당시 영화나 드라마를 보면 잘사는 집들은 대부분 한옥이었다.

"벙커를 만들면서 그런 사람들이 가장 먼저 배려의 대상이 되었겠지요."

어떤 시대이든 가장 먼저 보호받는 것은 돈 있는 사람이다. 그게 현실이다.

그러니 벙커가 북촌에 만들어지지 않았을 리 없다.

"더군다나 공사하기도 쉬우니까요."

벙커를 만들어야 할 지하에 아무것도 없는 형태이니 당연히 공사도 쉽고 말이다.

"북촌이라……."

김성식은 손톱을 깨물며 쓸쓸하게 웃었다.

그럴 수밖에 없는 게, 그의 집이 북촌이었던 것이다.

"의심 가는 게 있습니까?"

"전혀. 의심이 갔다면 내가 알았겠지."

북촌이라는 공간은 넓다.

더군다나 한옥이라는 특성상 공간도 상당히 많이 차지하는 편.

"확실히 가능성이 높다는 건 인정하네. 다른 곳은 대부분 개발이 이루어졌으니 어떤 식으로든 드러났을 가능성이 높지. 문제는 입구야."

김성식은 그렇게 말하면서 지도를 펼쳤다. 북촌의 지도였다.

"어딘가에 입구가 있을 거야. 문제는 그게 어디냐는 거지. 누군가의 집일까?"

"전 그 부분에 대해 좀 다르게 생각합니다."

"다르게?"

"개인용 벙커도 아니고, 집 안에 벙커 입구를 만들지는 않았을 거라는 거죠."

"그렇다면 다른 곳에 있다? 하지만 그러면 다른 사람들도 벙커의 존재를 알지 않았을까?"

"그건 그렇지요. 단 한 가지 경우만 빼고 말입니다."

"단 한 가지 경우?"

"그 입구에 새로 뭔가 생겼다면 말이지요."

"응?"

"오래된 지역이라 벙커를 찾기 쉽지요. 반대로 말하면, 진짜 한옥 마을 내부에는 벙커 입구가 없다는 뜻입니다."

무슨 일이 생겼는지 알 수는 없지만 그 입구는 누군가의 땅에 속해 버렸다. 그리고 그 이후에 사람들에게 잊혔다.

"그렇다면⋯⋯."

"최근은 아닐 겁니다. 하지만 한옥이 아닌 다른 뭔가가 생긴 것은 확실하지요. 이미 그런 곳을 확인하는 중입니다."

아마도 30년 전에서 20년 전 사이에 뭔가가 생겼을 것이다. 10년 내외라면 사람들이 기억을 할 테니까.

"누군가는 알 겁니다."

노형진은 그곳에서 조사하고 있을 손채림을 생각하면서 이를 악물었다.

⚖

"모르는데요."

노형진의 희망과 다르게 손채림의 조사는 계속 막히고 있었다.

대부분의 사람들이 이사를 새로 온 이들이고, 설사 오래 산 사람이라고 해도 그걸 기억하지는 못하고 있었던 것이다.

'하긴…… 쓰지도 않는 거였으니.'

벙커를 만들었다고 하지만 홍보도 제대로 하지 않았고 쓰이지도 않았다. 그러니 당연히 사람들이 제대로 기억하지 못할 수밖에.

"뭐 좀 나왔습니까?"

고문학은 한 바퀴 돌고는 다시 집결지로 와서 손채림에게 물었다.

손채림은 고개를 흔들었다.

"영 모르네요."

"저도 확인했는데 대부분 기억을 못 하더군요."

그다지 신경을 쓰지 않다 보니 대부분의 사람들은 뭐가 있었는지 기억도 하지 못했던 것이다.

"대략적인 위치라도 알면 좋겠는데."

고문학은 안타깝다는 듯 말했다.

그러나 어떤 장소에 뭐가 있었는지 기억하는 것은 쉬운 일이 아니다.

그곳과 관련된 일을 하든가 거래라도 있든가 하는 가게라면 모르지만, 그냥 버려진 채로 아무것도 안 하던 공간이라면 누가 신경을 쓰겠는가?

"누가 관리 같은 거 안 하나요?"

"버려지면 끝입니다. 누가 관리를 하겠습니까?"

더군다나 수십 년 전에 지어진 벙커가 무슨 효과가 있겠는가? 충격으로 무너지지나 않으면 다행이다.

거기에다 그 시절에는 날림 공사가 유행하던 시절.

"누가 그런 곳에서 일을 할 리도 없으니."

입맛을 쩝쩝 다시는 고문학.

손채림은 어쩔 수 없다는 듯 어깨를 으쓱하면서 시선을 돌렸다.

한 남자가 산 위로 올라가는 것이 보였다.

'응?'

그녀의 눈에 들어온 것은 그 남자의 신발이었다.

슬리퍼.

물론 그게 이상한 건 아니다.

그러나 그녀가 이 일을 하면서 몇 가지 배운 것이 있는데, 그중 하나가 바로 복장이다.

가령 신발이 슬리퍼인 경우 동네 주민인 경우가 많다는 식의 분류법.

'잠깐만…… 좀 어린 사람이면 알지 않을까?'

손채림은 문득 그런 생각이 들었다.

지금 자신들이 물어본 사람들은 대부분 나이가 있는 이들이었다. 아무래도 성인이어야 제대로 기억할 테니까.

그러나 대부분은 몰랐다.

"저 사람은 알지 않을까요?"

"네? 하지만 그 당시에 나이가 너무 어렸을 것 같은데요?"

노형진의 예상대로라면 그곳이 사라진 건 대략 20년 전일 것이다.

　　그렇다면 그 당시에 저 사람은 열 살 정도밖에 되지 않았을 가능성이 높다. 이곳에 산다면 말이다.

　　"그러니까요."

　　"네?"

　　"아니, 문득 그런 생각이 나서요. 친구 남동생을 어려서 봤는데, 극성이었거든요."

　　"극성?"

　　"네."

　　남자들끼리 뭉쳐 다니면서 아지트를 만든다고 난리를 쳤던 것이다.

　　그 때문에 실종된 줄 알고 밤새도록 온 동네를 뒤졌다는 이야기를 들은 적이 있다.

　　"아!"

　　고문학은 바로 이해했다.

　　"확실히 그런 게 있죠."

　　어린아이들, 특히 열 살 내외의 아이들은 자기들끼리 뭉쳐 다니면서 아지트니 그런 걸 만들어서 비밀 기지 놀이를 하는 걸 좋아한다.

　　지금이야 학원 다니고 뭐 하고 해서 여유가 없지만 그 당시의 세대는 그렇지 않았다.

"그렇다면 그 당시에 어린애였던 사람이 오히려 알지 않을까요?"

"그건 생각을 못 했네요."

고문학은 대단하다는 시선으로 손채림을 바라보았다.

자신들은 어른만 생각했지 그 당시 아이들은 생각하지 못했던 것이다.

하지만 생각해 보면 어른들이 잘 오지 않는 벙커만큼이나 아이들 아지트로 괜찮은 공간이 어디에 있겠는가?

"바로 가서 물어보죠!"

고문학은 남자에게 다가가서 질문을 던졌다.

잠깐 고민하던 그는 고문학이 사례를 언급하자 눈에 살짝 빛이 돌았다.

"사례요?"

"네. 위치만 알려 주신다면 50만 원 드리겠습니다."

그는 침을 꿀꺽 삼켰다.

'안 그래도 죽겠는데 땡잡았다.'

회사를 그만둔 후 재취업하지 못해서 돈 한 푼이 아쉬운 시점인데 무려 50만 원이라니.

"잠시만요……. 잠시만요……."

그는 필사적으로 머리를 쥐어짜기 시작했다.

분명히 어릴 때 그런 공간이 있었던 것은 기억난다. 문제는 언제부터인가 가지 않게 되었다는 것.

그러니 당연히 그곳에 가는 방법이나 위치가 기억나지 않았다.

"기억을 못 하시면……."

"아, 잠깐만요……. 금방이면 됩니다."

고문학은 나중에 말해도 된다고 말하려고 했는데 그는 다른 의미로 받아들였는지 더욱 필사적으로 머리를 쥐어짰다.

그러다 어느 순간 탄성을 질렀다.

"아! 맞다!"

"왜 그러시나요?"

"그거 집이 생기고는 못 갔네."

"집?"

"저 위에 저기 보이시죠?"

언덕 위에 보이는 제법 깔끔해 보이는 집 한 채.

위치도 좋고 전망도 좋은 자리에 있는 집이었다.

"저거 생기고는 못 갔어요."

"네? 무슨 말씀이신지?"

"저기에 지하로 들어가는 무슨 터널 같은 게 있었어요. 그곳에서 어려서 놀았는데, 저 집이 생기고는 한 번도 못 갔네요."

고문학은 주먹을 꽉 쥐었다.

'찾았다.'

드디어 가장 의심스러운 공간이 나타난 것이다.

"집주인이 누굽니까?"

"규호성이라고 하는 사람입니다."

위치를 추적하고 나자 그다음부터는 일이 빨라졌다.

"규호성?"

"네."

"어떤 사람인데요?"

고문학은 집주인에 대해 조사하기 시작했다.

그가 어떤 사람인지 알아내는 건 어려운 게 아니었다.

"4공화국과 5공화국 시절에 검사였습니다."

"검사요?"

"네. 현재는 무역 일을 하지만 그때 검사를 하다가 나왔습니다."

다들 고개를 갸웃했다.

검사를 하다가 나오면 보통 변호사를 하지, 뜬금없이 사업을 하지는 않기 때문이다.

"그 사람……."

고문학은 잠깐 침묵을 지키다가 입을 열었다.

"공안 검사 출신입니다."

"큭."

"미친……."

그 시절에 공안 검사였다면 엄청난 끗발을 가지고 있었던 인간이다. 그렇다면 저런 땅을 불하받거나 사는 게 가능하다.

"그런데 왜 그만둔 겁니까? 보통 검사 하다가 나오면 변호사를 하지 않나요?"

손채림은 고개를 갸웃했다.

검사 그만두고 다른 직업을 가지는 사람을 본 적이 없었기 때문이다.

"그만둔 게 아니고 쫓겨난 겁니다."

"쫓겨나요?"

"그렇습니다. 정권이 바뀐 이후에 그에 따른 처벌을 받고 쫓겨난 겁니다."

다들 이해가 간다는 표정이었다.

그럴 수밖에 없는 게, 그 시절의 공안 검사란 고문 검사라고도 불렸다. 공안이라는 이름하에 죄를 뒤집어씌우거나 사건을 조작하기 위해 고문을 일상처럼 하던 시절이었으니까.

그 유명한 탁 치니 억 하고 죽었다는 말로 대표될 만큼 그 당시 고문은 공안 검사 출신들에게는 상당히 흔한 일이었다.

"이상한데?"

송정한은 고개를 갸웃했다.

"내가 아는 공안도 많고 또 선배 중에는 그 당시에 공안 하던 사람도 있어. 시절이 시절이다 보니 어지간하면 안 쫓겨나는데? 자네들도 알다시피 검찰이라는 조직이 만만한 조직은 아니지 않은가?"

"그렇기는 하죠."

아무리 정권이 바뀌었다고 해도 검찰의 최대 보호 대상은 바로 자기 자신이다. 갑자기 정권이 바뀌었다고 해도 고문했다는 이유로 검사를 자르지는 않는다.

실제로 그 당시 공안 검사로 이름을 날리며 고문을 하고도 잘나가서 이제는 국회의원까지 하는 사람도 있으니까.

"한도의 문제겠지요."

"한도?"

"네. 비공식적인 이야기지만 그 당시에 일하던 사람들과 접촉해 봤습니다."

고문학은 상당히 씁쓸한 얼굴이 되었다.

"다른 검사들은 사건을 조작해서 자신들이 승진하기 위해 고문을 행했는데 그는 그게 아니라 고문을 하기 위해 검사가 된 녀석 같다고 하더군요."

"뭐라고요?"

"보통 고문이라고 하면 뻔합니다. 특히 잡범들은요. 그런데 그는 그런 게 아니었다고 합니다."

잡범들은 좀 때리고 겁주면 범행을 불기 때문에 굳이 고문이라고 할 정도로 갈 필요도 없다.

그러나 규호성은 그게 아니라 고문을 하고 싶어서 없는 죄를 자꾸 캐물으면서 고문했다는 것이다.

가령 누군가 소매치기로 잡혀 오면 살인을 캐물으면서 고문을 했다는 것.

"특히 여자를 많이 고문했다고…….."

"아…….."

"어쩐지…….."

고문은 일반인이 할 수 있는 게 아니다.

하지만 정신적으로 문제가 있는 사람의 경우는 그런 행위를 통해 쾌락을 느끼기도 한다.

학교에서 보면, 이유도 없이 학생을 구타하는 선생들이 있지 않은가?

그런 사람들의 특징은 학생을 사람으로 보는 게 아니라 스트레스를 푸는 대상으로 본다는 것이다.

고문도 마찬가지다.

안 그래도 그 당시 검사라면 엄청난 권력으로 사람 목숨을 좌지우지할 수 있는 시기였는데 거기에 공안 검사라면…….

"그게 심해진 모양입니다. 하지만 그게 외부로 드러나면 검찰의 입장에서는 여러모로 곤란하니까…….."

우연한 사고로 살인의 쾌감에 눈을 뜨는 경우도 있다. 아마도 비슷한 경우일 것이다.

처음에는 일 때문에 고문을 시작했을지 몰라도 나중에는 그 자체가 그에게 쾌감이 되었을 것이다.

"무마하는 대신에 사표를 받은 거군."

"인터넷이 있던 시대가 아니니까요."

고문이 일상적으로 벌어지던 그 시절에 검찰이 부담을 느껴서 쫓아낼 정도면 어느 정도일지 감이 안 잡혔다.

"아무래도 범인을 잡은 것 같군요."

노형진은 상황이 이해가 갔다.

그런 성향을 가진 놈이라면 스너프에 빠질 수밖에 없으니 당연히 그걸 제작하고자 하는 의사도 있을 수 있다.

"요 근래 들어서 사업이 부진한 것으로 알려져 있습니다."

"경기가 안 좋아지니까."

"네. 그런데 어느 순간 돈이 돌아서 부도를 막았다고 하더군요."

"이제야 모든 퍼즐이 맞춰지는군."

그라면 검찰 내부에 선이 있으니 어느 정도 압력을 줄 수 있을 것이다. 그 당시 그와 활동하던 자들은 상당히 높은 자리에 있을 테니까.

그리고 함께 활동했으니 그들의 약점도 알 터.

"거기에 수사 전략도 알고 말이지요."

그리고 그 시절에 검사였으면 어디에 벙커를 만들었는지 알 수밖에 없다.

"전인지 후인지 알 수 없지만…… 스너프에 눈을 떴을 테고요."

"검사 출신이니 스너프가 얼마나 돈이 되는지도 알고 있었겠지."

하나씩 퍼즐이 풀리며 답이 나왔다.

"그리고 무역업이라면 외국인을 초청해 오는 것도 어려운 게 아니지."

손채림의 말을 마지막으로 그에 대한 분석이 모두 끝났다.

"그러면 그 집에는 누가 살고 있나요?"

"엄밀하게 말하면 직원 숙소입니다."

"직원 숙소?"

"네."

노형진은 피식 웃었다.

북촌의 그 자리에 그렇게 깔끔하게 비싼 돈 들여서 지은 집이 직원 숙소다?

"지나가던 개도 웃겠군."

송정한도 노형진과 마찬가지인 모양이었다.

물론 사원 숙소를 지원해 주는 곳은 많다.

하지만 대부분의 경우 말 그대로 출퇴근을 하면서 먹고 자는 용도이니 저렇게 땅값 비싸고 전망 좋은 자리에 둘 리 없다.

애초에 건물 자체가 직원 숙소용도 아니고 말이다.

세상에 어떤 사람이 정원까지 딸린 집을 직원 숙소로 주겠는가?

얼마 전까지만 해도 돈이 없어서 죽으려고 하던 사람이 말이다.

"작업장인가 보군."

"그럴 겁니다."

조용히 대화를 듣던 주영민 검사가 조심스럽게 입을 열었다.

"만일 이게 사실이라면…… 조사하기가 쉽지 않을 겁니다."

"그렇겠군."

주영민 검사의 말에 김성식 변호사 역시 고개를 끄덕거렸다.

"증거는 물증도 없이 심증뿐인 데다가, 영장을 요청하면 아마도 그의 귀에 들어가겠지."

어떤 식으로든 사건에 대해 영향력을 발휘했던 자다. 그러니 자신들이 그들에게 접근하려고 하는 이상 그들은 무조건 알아차린다고 봐야 한다.

"현장을 들이닥쳐야 하나?"

"언제 일어나는 줄 알고? 그리고 최악의 경우 인질극이 벌어질 수도 있어."

"인질극?"

"누가 더 잡혀 있는지 모르잖아?"

"아…….."

저들이 그때그때 필요한 사람을 잡을 수도 있지만 미리 잡아 둘 수도 있다. 얼마나 많은 사람들이 잡혀 있는지는 알 수가 없는 일.

"무조건 털 수는 없고…….."

주영민 검사는 잔뜩 고민하는 얼굴이 되었다.

그때 노형진이 그 문제를 아주 가볍게 해결했다.

"그러면 허락받아서 들어가면 되죠."

"네?"

"허락받으면 된다니? 그게 무슨 말인가?"

"그 미친놈이 허락하겠어?"

당연히 허락할 리 없다.

노형진은 씩 웃었다.

"그러면 다른 사람한테 허락받으면 되지."

"다른 사람?"

"당분간 공사가 있어도 잘 부탁드립니다. 배관이 터져서요."

"아, 네……."

"시끄럽게 해서 죄송합니다. 집이 오래되다 보니 대대적으로 배관을 갈아야 해서."

"별말씀을요."

건너편에 있는 사람들에게 사과하고 집으로 다시 돌아온 남자는 마루에서 기다리고 있는 노형진에게 다가갔다.

"이야기해 놨습니다. 의심은 안 하더군요."

"감사합니다."

노형진은 히죽 웃었고, 김성식 변호사는 감탄하는 표정을 지었다.

"남의 집에서 공사라니."

"뭐라고 할 건데요? 불법도 아니고."

"하긴."

노형진의 해결책은 간단했다.

바로 남의 땅을 빌리는 것.

정확하게는, 그 건너편의 집을 빌리는 것.

"이곳은 한옥촌이니까요."

당연히 그 집도 한옥이고 상당히 넓은 마당이 있다.

"지하 벙커는 상당한 규모를 자랑합니다. 분명히 이 아래에 있습니다."

노형진은 바닥을 발로 탁탁 밟았다.

"하지만 아무런 소리도 안 나는데요?"

고개를 갸웃하는 집주인.

수년간 이집에 살았지만 그런 건 전혀 몰랐던 것이다.

"벙커라는 게 그렇게 얕게 있겠습니까?"

더군다나 산비탈에 있는 벙커다. 바로 앞집이라고 하지만 높이 차이가 있다.

그러니 소리가 나면 그게 이상한 거다.

"자, 그러면 이제 공사를 시작해 볼까요?"

노형진은 주먹을 불끈 쥐며 말했다.

"오라이."

"조심, 조심."

땅을 파는 것은 그다지 문제가 되지 않았다.

물론 상당히 대규모 공사가 되기는 했지만 그 비용은 노형 진이 모두 내기로 했다.

하나 땅이야 포클레인으로 파고 드릴로 뚫으면 그만이지 만 가장 큰 문제는 그 이후였다.

"이건 어쩌지?"

마당 전체를 파고 나서 드러난 콘크리트의 거대한 벽.

그걸 삽으로 뚫을 수는 없었다.

"아무리 부실 공사라고 해도……."

이 정도 두께의 벽을 부수는 건 상당히 힘든 일이다.

그렇다고 작은 드릴로 뚫고 들어가려면 얼마나 걸릴지 도 무지 답이 안 나온다.

"그럴 줄 알고 업자를 불렀습니다."

"업자? 무슨 업자? 아니, 이런 걸 뚫는 업자가 어디 있어?"

"있습니다."

노형진이 말하는 사이, 저 멀리 한 대의 차량이 다가왔다.

그걸 본 사람들은 입을 쩍 벌렸다. 거대한 드릴이 모습을 드러낸 것이다.

"이건?"

"관정을 뚫는 차량입니다."

"관정?"

"지하수를 개발할 때 쓰는 거죠."

"그거야 알겠는데, 이걸로 구멍을 뚫는다고?"

김성식은 고개를 갸웃했다.

"가능하답니다. 땅을 뚫다 보면 암석도 만나고 그러는데, 어지간한 건 콘크리트보다 더 단단하다고 하더군요."

"그건 그렇다고 치고 그 이후가 문제인데. 이걸로는 아무리 봐도 사람이 못 들어가."

관정이라고 해 봐야 사람 허벅지 정도의 두께를 가지고 있지, 사람이 들어갈 정도의 공간이 나올 리 없다.

"일단 뚫고 나면 그 후에는 다른 방법이 있으니까요."

"다른 방법?"

"네. 빨리 움직이죠."

노형진은 다른 방법에 대해서는 더 이상 이야기하지 않고 구멍을 뚫는 데에만 집중하기 시작했다.

범인들이 있는 집은 시끄럽다고 투덜대는 것 말고는 그다지 반응이 없었다.

몇 번이고 집주인이 찾아가 사과하고 떡이나 과일 같은 걸 선물로 주자 의심 자체를 버린 것이다.

그 덕분에 별로 고생하지 않고 구멍을 뚫을 수 있었고, 공사 사흘째가 되는 날 드디어 구멍이 뚫렸다.

"뚫렸습니다."

시키면 구멍을 보면서 말하는 주인.

노형진은 고개를 끄덕거렸다.

"구멍은 알겠는데 그 후에는 이 안에 소리라도 질러서 누가 있나 확인이라도 해 볼 셈인 건가?"

"그것보다 더 좋은 게 있지요."

"더 좋은 것?"

노형진이 어디론가 전화하자 잠시 후 '배관 검사'라고 쓰인 차량이 집 안으로 들어왔다. 그리고 그 차량에서 어떤 사람이 내리더니 기다란 꼬리가 달린 뭔가를 꺼내 들었다.

"이건 뭐야?"

"처음 보는 분들이 많을 겁니다. 도시 배관 검사용 드론입니다. 아니, 드론이라고 하기는 좀 그러네요. 로봇이라고 하는 게 맞겠군요. 배선이 달려 있으니까."

작은 장난감 같은 물건이 기다란 배선에 달려 있었는데, 컴퓨터를 켜고 그걸 연결하자 물건이 향한 방향의 상황이 모니터에 영상으로 출력되기 시작했다.

"도시의 배관 대부분은 사람이 들어갈 수가 없죠. 만일 중간에 어딘가 터지면 그걸 찾기 위해 다 파헤칠 수는 없습니다. 그때 쓰는 겁니다."

"아!"

그렇게 돌아다니다가 배관이 깨진 곳을 발견하면 거기를 파면 되는 것이다.

당연히 검사를 위해 카메라가 달려 있고, 컴컴한 배관 안을 살피기 위해 라이트도 달려 있으며, 비상시 그걸 끌어내기 위해 아주 튼튼하게 연결되어 있다.

거기에다 전력을 그 줄을 통해 공급받는 방식이라 중간에 꺼질 이유도 없다.

"이거라면 그 공간에서 쓸 수 있을 겁니다."

컴컴하겠지만 라이트가 있으니 그 안을 비추는 데 지장은 없을 것이다.

"바로 시작하지요."

"바로? 지금 시간이 몇 시인데?"

"그래서 바로 시작하자는 겁니다. 낮에는 녀석들이 있을지도 모르니까요."

지금은 새벽 2시다. 그러니 모두가 자는 시간.

"이렇게 조용할 때는 소리가 새어 나갈 가능성도 있습니다. 그러니 그 녀석들도 잘 테고요. 따라서 내부를 탐색하려면 지금이 기회입니다."

노형진의 말에 주영민 검사는 바로 전화기를 들었다.

"미리 경찰을 대기시키겠습니다."

"영장은 필요 없으신가요?"

"비상사태라면 말이지요."

그 안에서 뭐든 찾아낼 수만 있다면 비상사태라고 우길 수도 있다.

"시작하겠습니다."

천천히 아래로 내려가는 로봇.

조심스럽게 내려간 로봇의 시야가 어느 순간 확 넓어졌다.

"도착했습니다."

사람들은 침을 꿀꺽 삼키면서 모니터로 몰려갔다. 그리고 천천히 돌아가는 화면.

"아무것도 없는데요?"

"상당히 넓으니까요. 기둥 뒤에 사각도 있고요."

"일단 돌아보도록 하지요."

로봇이 천천히 주변을 돌아다님에 따라 화면이 움직이기 시작했다.

그러나 보이는 것은 텅 빈 공간뿐.

'내가 잘못 안 건가?'

노형진은 이곳이 가장 가능성이 높다고 생각했다.

심지어 입구를 감추고 있을 가능성이 가장 높은 자도 성향이 그쪽으로 의심이 되니 말이다.

'젠장…… 감이 떨어졌나……'

그렇다고 이건 기억을 읽을 수 있는 것도 아니다.

영상은 물체가 아니니 그 기억이 없다. 그러니 어디서 일이 벌어졌는지 알 수는 없다.

"여전히 넓기는 하지만⋯⋯."

라이트가 아주 강한 게 아니라서 주변을 살피고 있기는 하지만 공간이 다 보이는 게 아니었다.

"일단은 주변을 살피면서⋯⋯ 어?"

로봇을 조종하던 사람이 고개를 갸웃했다.

"왜 그럽니까?"

"아니, 순간 화면이 흔들려서요."

"뭐 넘어가느라고 그런 건가요?"

"정지 상태입니다만."

"정지 상태?"

노형진은 다시 한 번 화면을 뚫어지게 바라보았다.

그 순간, 다시 한 번 화면이 흔들렸다.

"왜 이러지?"

당황해서 어쩔 줄 몰라 하는 조종자.

"이거 다시 가지고 와 볼까요?"

"잠깐만요."

노형진은 순간 힐끗 지나간 모습에 조종사의 손을 잡고 움직임을 멈췄다.

"후진해 보세요."

"후진?"

"네. 아래쪽이 좀 더 잡힐 수 있게."

"그러죠."

그러자 다른 팀원들이 후진을 할 수 있게 선을 당기기 시작했고, 로봇은 천천히 뒤로 물러나기 시작했다. 그리고.

"멈춰요!"

어느 순간 멈추라고 외치는 노형진.

화면 안에는 뭔가가 드러나 있었다.

"저건?"

화면에 드러난 빨간색 하이힐.

뜬금없이 바닥에 떨어져 있는 것이었다.

"왜 저런 게 있지? 공사할 때 버렸나?"

"그럴 리가요."

손채림은 그걸 보고 바짝 붙었다.

"이거 새로 나온 디자인이에요."

"새로 나온 디자인?"

"그래. 이거 나온 지 1년밖에 안 된 거라고."

그렇다면 여기에 있을 이유가 없다.

그 순간 다시 흔들리는 화면. 그리고 뭔가가 충격을 주고는 그 앞으로 튕겨 나가는 것이 보였다.

"저건?"

"신발?"

이번에는 운동화였다.

꼬질꼬질해진 운동화가 충격을 주고는 튕겨 나간 것이다.

"누군가 있군요. 주변을 뒤져 봅시다."

누군가가 자신들이 있다는 것을 알리기 위해 신호를 보내는 것이 분명했다.

"어떻게?"

"빛은 멀리까지 가니까."

로봇에 달린 렌즈로는 코앞밖에 보지 못하지만 누군가 그 반경 바깥에 있다면 라이트의 빛을 볼 수 있을 것이다.

그리고 그 빛이 어쩌면 그들에게 생명의 빛이 될 수도 있는 법.

천천히 돌아가는 화면.

로봇은 한참을 주변을 빙빙 돌다가 드디어 뭔가를 발견했다.

"맙소사."

흐릿한 화면 너머에는 간이로 만든 것으로 보이는 창살이 있었고 그 안에 여러 명의 사람들이 갇혀 있었다.

그들은 뭐라고 비명을 지르면서 창살을 흔들고 있었지만 쇠창살은 움직이지 않았다.

"뭐라고 하는 건지……."

"마이크가 없으니까요."

사람을 구하라고 만든 게 아니라 배관 공사하라고 만든 물건이니 마이크가 있을 리 없다.

심지어 화면 자체도 그다지 화질이 높은 게 아니다.

"하지만 구해 달라고 하는 건 알겠네요."

신호를 보내기 위해 창살을 흔들고, 어떻게 해서든 손을 뻗어서 구원 요청을 하는 사람들.

"이 정도면 충분하겠습니까?"

노형진은 고개를 돌려서 주영민 검사를 바라보았다.

"충분합니다."

주영민은 바로 전화기를 들어서 경찰을 불렀고, 잠시 후 요란한 소리와 함께 경찰이 들이닥쳤다.

애애애앵!

"경찰입니다! 문 여세요!"

당장 그 집으로 갔지만 누구도 대답하지 않았다.

분명히 집 안에 사람이 있는 것을 봤는데 말이다.

"아래쪽은 감시 중입니까?"

"이미 포위 중입니다."

경찰이 들이닥치자 걸렸다는 사실을 알고 도망치려고 하는 걸지도 모르기 때문에 그냥 둘 수는 없는 노릇.

"넘어갑시다."

"무슨 수로요?"

담장은 상당히 높았고 그 위에는 철조망까지 있었다. 사람이 넘어갈 수 있는 구조가 아니었다.

"그러면 부수면 되지!"

그때 들리는 목소리.

고개를 돌려 보니 관정기를 운전하는 사람이 서 있었다.

"부수자고요?"

"관정기가 얼마나 큰데!"

"아!"

그는 괴상한 일거리였기 때문에 무슨 일인가 하고 남아서 기웃거리다가 사람들이 잡혀 있는 것을 본 것이다.

"차에 기스야 나겠지만 어차피 공사용 차량인데, 뭘."

커다란 관정기용 차량은 이런 담벼락 정도는 아무렇지도 않게 부술 수 있는 힘이 있었기 때문에 그가 차량으로 밀어 버리자 담벼락은 제대로 저항도 못 하고 무너져 내렸다.

그리고 차량이 뒤로 물러나자 들이닥치는 경찰들.

"경찰이다! 문 열어!"

누군가 입구에 서서 외쳤지만 문은 열리지 않았다.

"문을 열라고 해서 열겠어?"

분명히 일어났을 게 뻔하다. 그러나 이 상황에서 벗어날 방법이 없자 우왕좌왕하고 있을 게 당연하다.

"부수고 들어가!"

"네!"

주영민의 말에 경찰들은 달려들어서 창문을 부수고 들어가려고 했다.

하지만 경찰봉을 휘두른 그들은 자신도 모르게 손을 부여잡고 뒤로 주춤주춤 물러났다.

"뭐야, 씨발."

있는 힘껏 후려친 유리창에 도리어 손이 튕겨 나간 것이다.

"큭…… 이 무슨……."

어이가 없어 하는 경찰들.

"얼마나 감추는 게 많으면."

그냥 유리창인 줄 알았던 창문이 방탄유리였던 것이다.

"이거 어쩌지?"

"이 녀석들이 지하로 들어가면 피해자들을 데리고 인질극을 벌일 수도 있습니다. 그 전에 막아야 합니다."

지하 벙커에서 인질극을 벌이면 자신들이 접근할 수 있는 방법에는 한계가 있다.

그러니 그들이 거기에 가기 전에 안으로 들어가야 한다.

"유리창이 강해 봤자지!"

그 말과 동시에 부르릉 들리는 엔진 소리.

"하지만 차가 밀기에는 구조가…… 아!"

차는 들어올 수가 없는 구조지만 관정을 뚫는 드릴은 충분히 들어올 수 있었다.

그걸 눕힌 상태로 들이밀기 시작하자 유리창은 저항도 못하고 깨져 버렸다.

암석과 콘크리트를 뚫고 들어가는 드릴을, 아무리 방탄유리라고 하지만 막을 수 있을 리 없었다.

"들어가, 어서!"

안쪽으로 들어가는 순간 갑자기 고함 소리가 들려왔다.

"으아아아!"

커다란 덩치를 가진 한 남자가 커다란 식칼을 들고 덤벼든 것이다.

"으악!"

방심하고 있던 경찰이 비명을 질렀지만 그는 그 경찰을 쓰러트리지도 못하고 바닥을 나뒹굴 수밖에 없었다.

타타탕!

연속해서 터진 총소리. 그리고 자신의 다리를 잡고 비명을 지르는 남자.

"끄아악!"

"손들어! 움직이면 쏜다!"

주영민 검사는 먼저 총을 쏜 다음에 할 말이 아니라고 생각은 했지만 그래도 애써 무시하면서 안쪽으로 소리를 질렀다.

"이곳은 포위되었다! 원하면 총격전이라도 벌여 주지."

위층에서는 몇몇 사람들이 천천히 나왔고, 노형진은 그중 한 명을 보고 눈을 찌푸렸다.

"저 인간……."

"왜 그러나?"

"동영상에 나왔던 놈입니다."

자느라고 옷을 벗고 있었는데 그 몸이 익숙했다. 동영상에서 수백 번을 봤던 그 몸이었다.

"음……."

김성식도 딱딱한 얼굴로 그들을 바라보았다. 드디어 범인을 잡은 것이다.

"입구 어디야?"

노형진은 그들에게 다가가서 물어봤다.

증거를 구하는 것은 이제 경찰과 검찰의 일이다. 자신들이 해야 하는 것은 피해자를 구하는 일.

"……."

"입구 어디냐고!"

"노 코리안. 낫 코리안."

모른 척하면서 말하는 외국인.

노형진은 씩 웃더니 그대로 주먹으로 그들의 얼굴을 후려 쳤다.

"아악!"

"꼬우면 신고해, 씨발."

노형진은 그렇게 말하면서 그들에게서 멀어졌다.

중요한 것은 입구를 찾는 것이기 때문이다.

"어딘가에 입구가 있을 겁니다."

온 집 안을 뒤지기 시작하는 사람들.

영화에서처럼 책장 뒤에 있을까 하는 생각에 책장도 뒤지고 그랬지만 입구가 나오지는 않았다.

그렇게 한참이 지나서 찾은 입구는 의외의 공간이었다.

"저거 개집 아냐?"

"응?"

집 구석에 있는 커다란 개집.

노형진은 그걸 보고 이상하다는 생각이 들었다.

"개집이 왜 여기에 있지?"

"글쎄요."

"개 본 사람?"

다들 고개를 흔들었다.

개가 있었다면 이 난리 통에 짖어야 정상이다. 하지만 개는 안 보인다. 심지어 사료도 안 보인다.

개집과 밥그릇뿐.

"들어내 봐요."

개집을 드러내고 바닥을 쾅쾅 구르자 그제야 아래서 울리는 텅 빈 소리.

개집 아래 있던 깔개를 열자 상당히 커다란 나무 문이 보였다. 열쇠로 잠기기는 했지만.

"부숴!"

경찰들은 커다란 망치를 가지고 문짝을 부수기 시작했고, 잠시 후 드러난 것은 아래로 이어지는 계단이었다.

"먼저 들어가겠습니다."

주영민 검사가 총을 들고 천천히 아래로 내려갔다. 혹시나 해서였다.

그렇게 얼마나 갔을까?

"여기요!"

"살려 주세요!"

"제발 살려 주세요!"

안쪽에서 터지는 비명와 살려 달라는 고함 소리.

"저쪽이다."

경찰들이 그쪽으로 서둘러서 달려가자 아까 화면에서 본 사람들이 다급하게 손을 내밀었다.

"제발 여기서 꺼내 주세요!"

"이 지옥 같은 곳에서 제발요!"

노형진은 주변을 뒤져서 열쇠를 찾아냈고 그 문을 서둘러서 열었다.

"으아아!"

"엉엉엉!"

피해자들은 울면서 그곳에서 뛰쳐나왔고, 뒤따라온 경찰들이 황급하게 그들을 데리고 위로 올라갔다.

그 뒤에 남은 노형진과 주영민은 그들의 모습에 이를 악물었다.

"미친……."

남자가 세 명, 여자가 다섯 명.

그중 남자는 한 명이 어린아이였고 여자는 두 명이 어린아이였다.

누가 봐도 그들이 무슨 꼴을 당했는지는 확실해 보였다.

"여기를 좀 보셔야 할 것 같습니다."

노형진과 주영민이 멍하게 그 사설 감옥을 보는 사이, 다른 사람이 커다란 그 공간을 탐색하다가 두 사람을 부르러 왔다.

정확하게는 검사인 주영민을 부른 것이지만 노형진은 그와 함께 그들이 발견한 것을 보기 위해 갔는데, 그곳에는 촬영 장비와 고문 장비가 놓여 있었다.

"여기군요."

자신들이 봤던 그 공간.

희생자가 비명을 지르면서 죽어 갔을 그 공간…….

누구의 도움도 받지 못한 채로 죽어야 했던 그 공간.

"드디어 끝났군요."

주영민 검사는 그 공간을 보고 중얼거렸고 노형진은 더 안타깝다는 듯 말했다.

"아니죠. 이제 시작입니다."

변호사로서 고발하고 배상받고…… 그 모든 것이 이제부터 시작이었다.

⚖

"피해자가 열한 명입니다."

김성식은 그렇게 말하면서 서류를 덮었다.

"그중 여덟 명은 구했지만…… 나머지 세 명은…….""

안 봐도 비디오라는 말이 있다. 그만큼 뻔하다는 말이다.

하지만 이 경우는 그들의 최후가 말 그대로 비디오가 되어서 팔려 나갔다.

"두 건은 판매가 시작되었고 한 건은 판매 준비 중이었답니다. 그리고 나머지 사람들도 고문의 대상이었고요."

납치하자마자 당장 죽이는 게 아니었다. 고문하는 영상 자체도 돈이 되기 때문에, 그리고 규호성의 쾌락을 위해 고문의 대상이 되었다.

"규호성은 자살했습니다."

"자살?"

"집에 갔을 때는 자기 아내를 총으로 쏴 죽이고 자기도 총을 입에 물고 방아쇠를 당긴 후였답니다."

아마도 이쪽에서 들이닥치는 순간 전화했을 것이다. 그리고 더 이상 벗어날 수 없다고 생각하자 극단적인 선택을 했을 테고 말이다.

"그런데 왜 자기 아내를……."

"모르죠."

혼자서 고통스러워했을 아내를 생각해서 그런 건지 아니면 최후의 순간까지 자신의 쾌락을 위해 그런 건지 알 수는 없다.

확실한 것은 그가 범인이었다는 것.

그의 집에서 감춰진 엄청난 양의 스너프 필름이 나왔다.

자신이 만든 것도 있고 외부에서 구입한 것으로 보이는 것도 있었다.

"피해자들은 일단 정신적 치료를 받기 위해 소송을 시작했습니다만."

말일 하던 김성식은 왠지 미안한 듯한 얼굴이 되었다.

"검찰에서 특별한 부탁이 있다고 합니다."

"특별한 부탁?"

"이번 사건을 비공개로 해 달랍니다."

"뭐라고요?"

"검찰의 입장에서는 상당히 곤혹스러운 일이니까요."

범인은 전직 검사에 고문으로 해직까지 당했던 인간이다. 그러니 위험하다는 것쯤은 인식하고 있었을 것이다.

그런데 그걸 방치해서 이 지경이 되었으니 검찰로서는 책임을 안 질 수 없는 노릇.

"그걸 지금 말이라고……!"

송정한은 진심으로 화를 냈다.

그 당시에 검찰이 검사라는 이유로 편들어 주고 무마한 게 아니라 제대로 처벌을 했다면 이런 일은 벌어지지 않았을 것이다.

"그럼 협상하죠."

"노 변호사!"

가장 화를 내야 하는 사람은 노형진이다.

그런데 정작 그런 그가 검찰과 협상하자는 말에 다들 놀랄 수밖에 없었다.

　"아아, 공개를 안 한다는 게 아닙니다."

　공개할 것은 공개해야 한다.

　한번 제대로 알려져야 사람들이 주의하고 검사들도 그런 부분에 대해 조심하게 되니까.

　"전직 검사라는 부분은 입을 다물겠습니다."

　"뭐라고?"

　"어차피 그의 지금 신분은 검사가 아닙니다. 사업가죠. 검찰이 그 정도 과거를 감출 수 없다고는 생각 안 하는데요?"

　"아!"

　검찰이 부담스러워하는 것은 자기들이 과거에 그가 위험하다는 것을 인식하고 있었다는 것이다.

　"검찰이라는 과거는 우리만 알고 있죠. 검찰에서 적당히 사건을 덮는다면 우리는 입을 열지 않겠습니다."

　그렇다면 검찰로서도 부담이 덜하고 노형진으로서도 세상에 경종을 울릴 수 있다.

　"그럼 그렇게……."

　"단! 조건이 있습니다."

　"조건?"

　"어찌 되었건 검찰의 실수이니 그에 대한 배상을 해 주십시오."

"배상?"

"만일 이대로 넘어가면 검찰은 배상 안 하겠지요. 안 그런 가요?"

"……."

이는 명백하게 검찰의 방치로 인해 벌어진 일이다.

그러나 법적으로 검찰이 배상할 책임은 전혀 없다.

"그건 그런데……."

"생각보다 규호성의 재산이 많지는 않더군요."

그가 스너프에 손을 댄 것은 사업이 망해 가면서 돈이 부족해졌기 때문이다.

스너프가 돈이 되기는 하지만 시작하자마자 노형진이 잡아 버렸기 때문에 그가 가진 돈은 그다지 많지 않았다.

재산의 대부분은 채권으로 압류된 상태.

"이 상태로는 피해자들의 치료비가 부족합니다."

"으음……."

다들 고개를 끄덕거렸다.

신체적 치료비뿐만 아니라 정신적 치료비도 적지 않게 들어간다. 그런데 가해자는 정작 돈이 없는 상황.

"저희는 그가 검사였던 것에 대해서는 기자들에게 입을 다물겠습니다. 하지만 배상금은 주셔야겠지요."

"안 주려고 할 텐데?"

김성식은 그들의 속성을 알기 때문에 고개를 갸웃거렸다.

“그렇겠지요. 그렇게 되면 저희는 과거 검찰의 행적을 가지고 소송을 걸어야지요.”

“소송을?”

“네.”

그렇게 되면 아마도 검찰은 어마어마한 욕을 먹게 될 것이다.

가해자의 위험성에 대해 인식하고 있었음에도 불구하고 모른 척한 거니까.

“과연 그런 사이코를 모른 척하신 분들이 소송을 당하면 뭐라고 할까요?”

“그게 무슨 말인가? ‘모른 척했던 사람이 소송당하면.’이라니?”

송정한은 무슨 소리인가 했다.

하지만 김성식은 노형진의 말에, 왠지 알 것 같았다.

“규호성과 친하게 지냈던 공안 검사들은 지금 대부분 정치인이거나 사회 지도층입니다.”

“아!”

만일 그들이 규호성의 위험성을 알았다고 몰아붙이면 그들은 곤란한 처지가 될 것이다.

더군다나 이번 사건에서 보면 규호성은 어떤 방식으로든 사건에 영향을 주려고 했다.

퇴직한 지 수십 년이 넘은 그가 현직 검사에게 전화해서 사건을 무마할 수는 없었을 테니, 다른 루트가 있을 수밖에.

“과연 그 루트는 뭐라고 할까요?”

외부적으로 보면 그는 스너프 제작자를 보호하기 위해 권력을 휘두른 셈이다.

그가 아무리 규호성에게 약점이 잡혀 있다고 해도 말이다.

"정치 인생은 끝나겠지."

무죄로 나온다고 해도 결국 정치적인 입지는 끝장난 셈이다.

"그렇군. 이제야 이해했네."

그들은 자신이 피해를 입지 않기 위해 검찰에 피해를 주는 거야 신경도 쓰지 않을 것이다.

배상금은 검찰 예산으로 나오겠지만 자신들은 과거를 은폐할 수 있다.

"그게 최선입니다."

"알겠네."

김성식은 고개를 끄덕거렸다.

그가 생각해도 그게 최선이었다. 쓸데없이 적을 만들 이유도 없고 피해자들을 버릴 수도 없다. 적당히 타협은 했지만 말이다.

"하아."

결국 그렇게 하기로 하고 회의는 끝났다.

하지만 손채림은 왠지 불만으로 가득한 얼굴이었다.

"뭐가 또 그렇게 불만인데?"

"아무리 검찰이 우리랑 같이 일해야 하는 사람이라고 하지만 이거 너무한 거 아냐? 이런 식이면 정신 못 차리지."

노형진이 피식하고 웃었다.

"알아."

"안다고?"

"그래."

"그런데 왜 그런 거야?"

"일단 우리는 의뢰인을 보호해야 하니까. 그리고 피해자들의 인생을 최대한 정상으로 돌려야 할 거 아냐."

다시 정상으로 가는 데 얼마나 걸릴지 알 수는 없다. 어쩌면 불가능할지도 모른다.

어찌 되었건 그걸 하기 위해서는 돈이 필요하다.

"그러다가 또 같은 일이 벌어지면……."

"뭔가 착각하는 게 있는데."

"뭔데?"

"난 기자한테 말 안 한다고 했지, 다른 데에 말 안 한다고는 안 했다."

"뭐?"

"아직 우리나라 검찰들은 네티즌의 힘을 너무 만만하게 보는 것 같더라."

노형진은 안다. 이 사건은 엄청난 충격을 불러올 것이고, 분명히 네티즌들이 움직일 것이다.

그리고 그가 검찰이었으며 왜 잘렸는지 분명히 드러날 것이다. 아마 그걸 감추려고 한 작자들은 당혹하겠지만 말이다.

이것이 법이다

"그때쯤이면 우리는 이미 돈 받은 후겠지."

씩 웃으면서 말하는 노형진.

결국 협상한 척하면서 실익은 다 챙겼다는 뜻이다.

"나도 너만큼이나 용서할 생각이 없으니까."

노형진은 이번만큼은 검찰이 정신 차리기를 속으로 빌 수밖에 없었다.

옷 한 벌의 비리

봄이 되면 사람들이 하는 일 중 하나는 대청소다.

1년 내 쌓여 있던 먼지를 다 털어 내고 새로운 마음으로 다시 한 해를 맞이하는 것을 연례행사처럼 한다.

물론 그건 어머니들의 마음이고…….

"아니, 이게 뭐니?"

"어머니, 그건 그냥 두시면……."

"이걸 왜 그냥 둬? 이거 산 지가 몇 년짼데."

"그거 산 지 얼마 안 된 거예요. 한…… 어…… 7년?"

학생 때 산 코트를 들이밀면서 화를 내는 어머니.

그리고 머쓱하게 머리를 긁는 노형진.

"어차피 입을 것도 아니면서 왜 자리만 차지하게 두고 있어?"

"그거야 언젠가 입을지도 모른다는…….".

말을 하던 노형진도 그다지 가능성이 없다는 사실에 입을 다물 수밖에 없었다.

'입을 리 없잖아?'

생각해 보니 저 코트를 마지막으로 입은 게 무려 5년 전이다. 그 이후에는 입은 적이 없다.

사실 학생용 코트라 변호사가 입고 다니기에는 어울리지도 않고.

"그리고 이건 뭐야? 중학교 교복은 왜 있어?"

"어, 그런 게 있었나?"

오랜만에 노형진의 집에 온 어머니는 집 안을 들쑤시기 시작했다.

모든 어머니가 다 그렇듯이 말이다. 혼자 사는 아들내미의 집은 차마 깨끗하다고는 말 못 하니까.

"쓰레기는 가득하고…… 용케 음식물 쓰레기는 없는데."

"그거야 분쇄기가 있으니까."

온 집 안을 정리하기 시작하던 어머니는 결국 노형진의 등짝을 때리면서 노형진이 가장 듣기 싫었던 말을 꺼냈다.

"안 되겠다. 당장 정리하자."

"어머니…… 그냥 쉬고 가시면 안 돼요? 청소는 나중에 사람을 불러서…….".

"아니, 무슨 청소를 사람을 불러!"

"바쁘다 보니……. 그러니까……."

"사람을 불러서 할 게 따로 있지, 입을 옷 안 입을 옷을 그 사람들이 어떻게 알아?"

"아…… 음……."

노형진은 자신의 옷 방을 바라보았다.

'하긴…… 자리가 좀 없기는 하지?'

아파트로 이사한 후 옷 방에는 여러 가지 옷이 잔뜩 쌓였다.

문제는 노형진이 그렇게 옷을 많이 가지고 수시로 바꿔 입는 패션 피플은 아니라는 것.

직업상 정장 세트만 입고 잘 놀러 다니지도 않는 집돌이 속성이 강해서 옷을 그렇게 많이 사 두지 않았다.

그럼에도 불구하고 잔뜩 쌓여 있는 이유는…….

"이거 뭐니? 이 신발이 아직도 있어? 세상에, 구멍 난 신발이 왜 있어?"

"그건 버리려고 하는 건데요."

"그 말, 네가 독립할 때 했던 말하고 똑같구나. 거기 가서 분류해서 버린다고."

"……."

버리기는 개뿔. 그냥 창고로 처박아 버렸다.

"거참, 여보, 그냥 둡시다. 이제 애도 아니고, 녀석도 장가 가야 할 나이인데."

"아버지, 제가 그럴 나이는 아닌 것 같은데요."

"편들어 줘도 참."

"시끄러워요. 이 꼬라지를 보고 말이 나와요?"

"음……."

노문성도 차마 그 이상은 노형진을 도와주지 못하고 그저 시선만 돌렸다.

"당신은 그냥 근처에서 시간이나 때우다가 와요. 요 근처에 실내 낚시터도 있는 것 같더만."

"그럴까?"

귀찮음의 핑계를 대고 슬쩍 도망가 버리는 아버지와 어머니의 잔소리 속에서 노형진은 선택할 수 있는 카드가 없었다.

"저기…… 오신 김에 맛있는 거나 드시러……."

"정리하고."

"구경이나 가시죠."

"정리 끝나면."

"오늘 저기 공원에서 무슨 행사 한다던데."

"정리되면."

"네."

결국 잡혀서 보통의 남자들처럼 영혼이 나간 상태로 정리하러 옷 방으로 끌려들어 가는 노형진.

그가 안으로 들어갈 때쯤 또 다른 희생자가 그의 집으로 들이닥쳤다.

"야호! 형진아, 나 왔다! 전에 약속한 밥 사 주…… 안녕하세요."

손채림은 안으로 들어오다가 움찔했다.

설마 노형진의 부모님이 오셨으리라고는 생각을 못 했으니까.

"오, 채림이구나."

노형진의 가족들은 손채림을 안다.

어려서는 제법 친했고, 또 같이 일한다는 것도 안다.

그리고 그들의 가족과 다르게 그녀를 딱히 미워한다거나 하지는 않는다. 도리어 편하게 생각하는 편이다.

그 편하게 생각하는 게 어느 정도냐면…….

"잘되었다. 온 김에 너도 청소 좀 도와라."

"네?"

"이놈의 집구석, 이게 집이니?"

"그, 글쎄요?"

손채림은 모른 척 고개를 돌리고 싶었다.

노형진의 집구석이라는 공간이 이 상태인 것을 모르는 그녀가 아니었으니까.

그러니 당연히 벗어나고 싶었다.

자기 집이 아니니 상태가 어떻든 상관은 안 한다만, 손을 대는 순간 일거리는 폭발한다.

"어머니."

"응?"

"저 애 집은 더한데요. 그냥 두시는 게⋯⋯."

짜악!

"악!"

가차 없이 날아오는 어머니표 등짝 스매싱.

그러나 그 대상은 노형진이 아니라 손채림이었다.

"여자가 혼자 살면서 그러면 안 되지. 여기 끝나고 너희 집도 가자."

"아주머니, 전 그냥 그게 편한데요."

"시끄러워! 청소도 안 하고! 하여간 게을러서는."

가차 없이 들어주지 않겠다는 의사를 명확하게 하는 어머니 때문에 손채림은 노형진을 노려보았고, 노형진은 슬쩍 고개를 돌렸다.

"너도 빨리해! 가서 청소해야지."

"네? 그게 무슨⋯⋯?"

"채림이가 여기 해 줄 건데 너는 가서 안 해 주냐?"

"그거야⋯⋯."

자폭이라는 사실을 깨달은 노형진은 고개를 푹 숙이고 말았다.

⚖

"너도 참 구질구질하게 살고 있구나."

"네가 할 말은 아닌 것 같은데?"

사방을 털어 내기 시작하자 무지막지하게 쏟아져 나오는 쓰레기들.

그걸 버리고 쓸고 닦고 청소를 하고 남은 것은 오래된 옷을 버리는 일뿐이었다.

"네 방을 청소하면 어떨지 참 가관이다."

"누구 마음대로 청소한대, 아가씨 방을?"

"우리 엄마가 그냥 넘어갈 것 같냐?"

"우우우, 아주머니 청소 중독 아냐?"

"아니야. 다만 딱 이때쯤 해서 한 번씩 이러지."

한숨을 쉬면서 양손으로 바리바리 봉투를 들고 나오는 두 사람.

입지 않을 것을 고르고 나니 무려 3분의 2가 버리는 옷이었다.

"그나저나 옷이 이렇게 없다니, 옷 좀 사야겠네."

"나 옷 안 부족한데?"

계절별로 양복 두 벌, 와이셔츠 세 벌, 양말 그리고 편하게 입는 옷 두 벌.

그러니까 한 계절에 다섯 벌인 셈이다.

"그 정도면 충분하지."

"돈 좀 써라. 그 돈 쥐고 죽을래?"

"그럴지도."

히죽거리면서 옷 봉투를 가지고 나온 두 사람.

"그나저나 이 옷들은 어쩔 거야?"

"아파트 입구에 헌 옷 수거함이 있더라고. 거기에다 주지, 뭐."

흔히 볼 수 있는 헌 옷 수거함.

그곳을 찾아가던 노형진은 고개를 갸웃했다.

그 앞에서 두 아이가 무릎을 꿇고 있었고 한 건장한 남성이 서서 마구 화를 내고 있었던 것이다.

"어디 어린놈의 새끼들이 배운 게 없어서 도둑질이야?"

"아저씨, 잘못했어요. 한 번만 봐주세요."

"다시는 안 그럴게요, 흑흑."

"이런 새끼들은 콩밥을 먹여야 해! 경찰, 뭐 해? 당장 끌고 가!"

화를 내는 남자와 두 아이.

그리고 어쩔 수 없다는 듯 아이들을 데리고 가려고 하는 경찰.

"일단 경찰서에 가자."

"잘못했어요! 잘못했어요!"

싹싹 비는 두 소년을 보고 눈을 찡그리는 노형진.

그리고 손채림은 고개를 돌려서 물끄러미 노형진을 바라보았다.

"왜?"

"그냥, 넌 참 일복 타고났다 싶어서. 휴가도 아니고 청소가 일을 불러온다 싶다."

"내가 할 거라고 어떻게 확신해?"

"그럼 안 할 거야?"

다 안다는 듯 히죽 웃는 손채림.

"끄응."

노형진은 어쩔 수 없다는 듯 어깨를 으쓱하고는 그들에게 다가갔다.

"잠깐만요."

노형진이 끼어들자 모두의 시선이 그에게로 쏠렸다.

"뭐야?"

"지금 무슨 일입니까?"

"넌 뭐야? 끼어들지 말고 꺼져."

눈을 찌푸리는 남자.

노형진은 한숨을 푹 쉬면서 들고 있던 짐을 내려놨다. 그리고 경찰을 바라보면서 말했다.

"변호사입니다만 현 상황이 좀 이상해 보여서요."

딱히 훔칠 만한 것도 없어 보이는데 두 소년을 도둑으로 몰아가고 있는 게 이상했던 것이다. 무슨 가게도 아니고 말이다.

"변호사?"

변호사라는 말에 노형진의 위아래를 살피는 경찰.

변호사라는 인간이 추리닝 입고 머리에 기름기로 가득한 모습으로 나타나다니.

"못 믿겠으면 전화로 확인하시든가요. 경찰분께서는 쉬는 날도 집에서 정복 입고 쉬시나 봅니다?"

경찰은 고개를 끄덕거렸다. 누구든 집에서는 편하고 싶으니까.

'거기에다가 손에 든 걸 보아하니…….'

양손에 헌 옷으로 가득한 봉투를 보니 버리러 오다가 발견한 모양이라고 그들은 생각했다.

"무슨 일입니까?"

"이 두 아이가 도둑질을 해서요."

"도둑질?"

노형진은 두 소년을 바라보았다.

딱히 도둑질을 하려고 하는 모양새도 아니었다.

"뭘 훔쳤는데요?"

손채림이 끼어들어 묻자 잠깐 그녀를 바라본 경찰은 별거 아니라는 듯 입을 열었다.

"옷요."

"옷? 무슨 옷?"

"지금 입고 있는 옷요."

"응?"

노형진은 무슨 소리인가 하고 아이들을 바라보았다.

그러고 보니 입고 있는 잠바가 상당히 남루해 보이기는 했다. 둘 다 사이즈가 맞는 것도 아니고 말이다.

그런데 그게 훔친 거라니?

"어디서 훔쳤는데요?"

"이 옷 통에서요."

"옷 통?"

"네."

"허."

손채림은 기가 막혔다.

그럴 수밖에 없는 게, 이건 헌 옷 수거함이다. 그리고 거기에는 헌 옷을 모아서 불우 이웃을 돕자고 쓰여 있었다.

'그리고 보아하니……'

두 아이의 몰골을 봐서는 가출한 아이들인 듯했다.

'뭐, 그건 내가 알 바 아니기는 하지만서도……'

노형진이 새론과 가출 청소년들을 위한 기숙학교를 만들었지만 모든 아이들이 다 그곳에 오는 것은 아니다.

일단 널리 알려진 상태도 아니거니와 단기 가출하고 집으로 가는 애들까지 거기에 데리고 갈 수는 없으니까.

그곳에 오는 아이들은 집이라고 할 수 없는 상황에서 탈출하기 위해 오는 것이다.

"이 도둑놈의 새끼들이."

다시 화를 내려고 하는 남자.

손채림은 그런 그를 보다가 눈살을 찌푸렸다.

"어차피 불우 이웃 돕기용으로 나온 거잖아요? 보아하니

추워서 그런 것 같은데."

저런 가출 청소년들이 저런 걸 훔쳐서 팔 수 있을 리 없다.

그러니 용도는 하나뿐이다. 입는 것.

사실 아무리 봄이라고 하지만 밤에는 제법 쌀쌀하다.

더군다나 아이들의 옷을 보아하니 그다지 두꺼운 옷도 아니다. 그러니 밤에 추위에 떨 수밖에 없었으리라.

"그건 그런데."

경찰이 약간 곤란한 얼굴이 되었다.

"틀린 말 한 거예요? 어차피 남이 버린 거잖아요? 그것도 불우 이웃을 도우라고. 뭐, 어거지 같기는 하지만 이 상황에서는 저 애들이 불우 이웃 같은데?"

당장 추워서 버려진 옷 하나 주워 입는 사람들이 불우 이웃이 아니라면 누가 불우 이웃이겠나 하는 생각에 어이가 없어 하는 손채림.

그러자 남자는 화를 버럭 냈다.

"누구 마음대로! 저건 내 거야! 내 거!"

"내 거?"

노형진은 그 남자를 바라보았다.

"그래! 저 새끼들이 훔친 건 내 거라고! 알아!"

"무슨 증거로요?"

"무슨 증거긴! 이거 내가 설치한 거고 나한테 버리라고 되어 있으니까 당연히 내 거지!"

"이건 서울장애인복지회에서 설치한 겁니다만?"

하지만 아무리 봐도 그 남자는 멀쩡해 보였다.

"내가 내 돈 들여서 설치한 거야! 알아!"

버럭버럭 화를 내는 남자.

경찰이 보다 못해서 그들 사이에 끼어들었다.

"변호사님, 저 사람 말이 맞아요."

"네?"

"몇 번 이런 일로 출동했습니다만……."

이 의류 수거함을 설치한 것은 저 사람이 맞고 그가 관리하는 것도 맞다.

그리고 그 안에 버린 것은 법적으로 기증으로 분류된다. 불우 이웃용으로 기부한 것이니까.

그러니까 그걸 훔친 건 절도가 맞다는 것이다.

"헐?"

생각지도 못한 말에 노형진은 할 말이 없었다.

"일단 경찰에 신고되었으니 저희는 데리고 가야 합니다. 법적으로도 저 사람이 하는 게 맞으니까요."

경찰은 어쩔 수 없다는 듯 어깨를 으쓱하고는 두 아이를 차에 태우려고 했다.

"그래서 영장은?"

"네?"

"증거 있습니까?"

들고 있던 노형진은 기가 막힌 건지 다시 물었다.

"그게 무슨 말씀이신지?"

"체포 영장 없이 신고자의 말만 믿고 체포하는 겁니까?"

"그거야……."

경찰들은 당황했다.

확실히 현행범이 아닌 이상 자신들은 체포 영장이 없이는 바로 체포할 수 없다.

"이건…… 흠흠…… 임의동행입니다."

"그러면 안 가도 그만이지요. 안 그런가요?"

"뭐야, 이 새끼야!"

남자는 노형진에게 화를 내면서 멱살을 잡아 올렸다.

"이거 폭행입니다. 보이시죠? 현행범이고. 체포 안 합니까?"

"저기, 아저씨. 그만해요. 상대방은 변호사예요."

"내가 봤다고! 어! 내가 봤어!"

"그러니까 증거는요?"

"뭐?"

"이 아이들이 여기에서 옷을 꺼냈다는 증거는?"

"딱 보면 몰라? 사이즈도 안 맞잖아!"

"주변에서 이 아이들한테 기증한 것일 수도 있잖아요?"

변호사가 끼어들어서 꼬투리를 잡기 시작하면 끝도 없다.

"이 새끼가 증말!"

"새끼라……. 그거 모욕 아닌가?"

"들으셨죠? 이거 폭행이랑 모욕까지 들어갔습니다."

"너 이 새끼들, 죽을래!"

"협박이네. 이거 현행범인데 체포 안 합니까?"

노형진은 길길이 날뛰는 그를 보며 빈정거리면서 말했다. 물론 노형진이 도발한 것이기는 하다.

"거참……."

경찰들도 애매한 표정을 지었다.

그럴 수밖에 없는 게 그 남자의 말만 듣고 아이들을 체포해 가면 변호사인 노형진이 말한 대로 그 역시 체포해 가야 하기 때문이다.

"아저씨, 그만해요. 이거 모욕입니다."

"와, 이런 씨팔 새끼를 봤나."

답답한 듯 가슴을 두들기는 남자.

"이거 모욕입니다. 같이 경찰서로 가죠."

결국 노형진은 봉투를 손채림에게 건넸다.

"이건 보관해라."

고개를 끄덕거리는 손채림.

"갑시다, 경찰서."

"저 애들은?"

"그래서 영장 있냐고요. 아니면 현행범이든가."

당연히 없다.

"그럼 나만 가면 되겠네."

아이들의 죄는 증명할 수 없지만 노형진에게 모욕하고 협박한 것은 경찰이 봤다. 그러니 빼도 박도 못한다.

"어쩔 수 없습니다. 가시죠."

"와, 이런 씨팔⋯⋯."

남자는 화를 버럭버럭 냈지만 이미 상황은 벌어졌다.

"이따가 보자."

"그래."

노형진이 경찰차에 타고 그곳을 떠나자 손채림은 지금의 상황을 이해하지 못하고 있는 두 아이들을 바라보면서 말했다.

"자, 그러면 너희들이 날 도와줘야겠다."

"네?"

"이걸 다시 집으로 가지고 가야지. 그나저나 배고픈 것 같은데 밥이나 먹을까?"

아이들의 배 속에서 나는 소리에 손채림이 먼저 이야기를 꺼내자 아이들의 얼굴은 붉어지기 시작했다.

⚖️

"어저께 어떻게 된 거야?"

아이들의 문제는 어렵지 않게 끝났다.

노형진의 예상대로 단기 가출이었다. 시험 성적을 망치자 겁이 나서 가출한 것이다.

손채림이 밥을 먹이고 진정시킨 후 부모들에게 연락해서 데리고 가게 했으니 일은 끝난 것이다.

아이들도 그 난리를 치고 경찰에게 잡혀갈 뻔해서 그런지 별말 하지 않고 집으로 돌아갔고.

궁금한 것은 경찰서에 간 노형진의 일이었다.

"그 새끼가 사기 치는 것 같아."

"사기?"

"그래."

경찰서에 가서 정식으로 접수하고 사정을 들어 보니 노형진도 모르던 일이 드러났던 것이다.

"구청에 물어보니 아주 유명하더만."

보통 헌 옷 수거함이라고 하는, 사람들이 헌 옷을 버리는 공간은 불우 이웃을 돕자는 의미로 설치한다고 한다.

"그런데 진짜 불우 이웃용은 하나도 없단다."

"하나도 없다니?"

"나도 경찰서에 갔다가 구청에 가서야 알았다."

일반적으로 헌 옷을 수거하는 그런 수거함은 불우 이웃을 돕는 단체나 장애인 단체가 아니라 개인이 설치한다.

그리고 그 후에 마치 불우 이웃을 돕는 것처럼 옷을 수거해서 자기들이 구제라고 팔아먹거나 외국으로 수출한다는 것.

"뭐? 수출? 남이 버린 걸?"

"그래. 버리는 사람은 어찌 되었건 남 도와주는 거라고 생각해서 그런 건데 정작 엉뚱한 녀석이 배에 기름을 채우는 거지."

"아니, 그걸 그냥 둬?"

"방법이 없단다."

그냥 임의로 마구 설치하는 불법 설치물이니 당연히 문제가 된다.

그나마 방해가 안 되는 공간에 있으면 모르겠는데, 그런 공간은 사람들이 잘 모른다. 그러니 사람들이 잘 보는 곳에 설치해야 하니 문제가 되는 것이다.

그 공간은 사유지일 수도 있고 또는 국유지일 수도 있다.

특히나 문제가 되는 것은 주차 문제.

입구를 떡하니 가로막아서 주차도 못 하게 하는 경우도 있다는 것.

"철거해야 하는 거 아냐?"

"시도야 했지. 그런데 이 새끼들이 머리를 쓴다."

일단 돈 몇 푼을 주고 관련 단체의 이름을 빌린다. 그리고 설치된 의류 수거함에 그 단체의 이름을 박아 넣는다.

"우리도 그에 당했지."

그래서 거기에 옷을 가져다 넣으려고 한 거고.

"그래서 나중에 정부에서 철거하려고 하잖아? 장애인들을 데려다 놓고 깽판 친단다."

"깽판?"

"그래. 아주 상습범이더만."

당연히 불법이고 불우 이웃을 돕는 게 아니라 사업을 하는 것이니 정부에서는 그걸 철거하려고 했다.

그랬더니 어디서 데리고 온 건지 장애인들을 데려다가 구청 앞에서 먹고살자고 하는 건데 차라리 죽이라면서 아주 어거지를 쓰며 난리를 쳤다는 것.

"심지어 휘발유까지 뒤집어쓰더라던데?"

"휘발유? 미친 거 아냐?"

"뭐, 어거지 부리는 거지. 그리고 적당히 언론사 부르고."

그러면 정치적 부담 때문에 구청은 손을 못 댄다.

사실 이런 거 한번 나가면 해당 구청은 초토화되기 마련이니까.

"누가 독하게 마음먹고 나서서 밀어 버려야 하는데 말이지."

지명직도 아니고 선출직인 정치인들은 그렇게까지 하지 않으려고 한다. 표가 떨어지니까.

"그렇게 해서 적지 않은 돈을 모으는 모양이야."

"얼마나 모으는데?"

"한 해에 한 4억 넘게 모으는 것 같던데?"

"뭐? 얼마? 4억?"

입을 쩍 벌리는 손채림.

들어가는 돈은 전혀 없는데 한 해에 4억이라니.

"불법이니 당연히 세금도 안 내지."

"헐."

그렇게 들어오는 옷 중 질이 안 좋은, 진짜 버려야 하는 것들은 빈국으로 수출하며 그 안에서도 상태가 좋은 것은 적당히 고쳐서 구제라는 명목으로 재판매가 된다.

"작은 업자도 몇천은 벌고, 우리가 만났던 녀석은 큰 업자라 몇억 가까이 번다고 하네."

"별 미친……."

손채림은 혀를 끌끌 찼다.

"그거 사기 아냐?"

"사기지."

"그러면 처벌해야 하는 거 아냐?"

"그게 말이야, 사기이기는 한데 피해자가 없다는 게 문제야."

어차피 버리는 사람은 버릴 물건이니 피해로 볼 수가 없다.

그렇다고 다른 사람의 수익을 착복한 것도 아니다. 그 다른 사람을 특정할 수가 없는 것이다.

결국 대국민 사기극이기는 한데 누구도 고발할 이유도 없고 고발할 생각도 안 해서 자연스럽게 수십 년간 계속 사기를 쳐 온 것이다.

"엄밀하게 말하면 고물상을 통해 수거해서 재활용하는 게 맞는 거라는데."

노형진은 그렇게 말하면서 고개를 절레절레 흔들었다.

"그래서 정의롭게 나설 거야?"

이것이 법이다

"글쎄."

"글쎄라니?"

"의뢰를 받은 것도 아니고……."

확실히 화가 나는 사건이기는 하지만 자신이 이걸 맡는다고 해서 실익이 있는 것도 아니다.

"그렇다고 내가 나서서 해결해야 할 정도로 큰 사회적 문제도 아니란 말이지."

사회 공동체에 아주 큰 피해를 주는 행동이라면 당연히 노형진과 새론이 나서서 소송할 것이다.

그러나 어차피 버려질 옷들이 아닌가? 그러니 피해라고 할 수도 없다.

"와, 진짜 애매하네."

"애매하기는 하다, 진짜."

누가 한 생각인지는 모르지만 참 잔머리 잘 굴렸다고 노형진은 씁쓸하게 웃을 수밖에 없었다.

⚖

"뭐라고요?"

노형진은 자신을 찾아온 아주머니를 보고 기가 막혔다.

"고소를 넣었다고요?"

"네. 절도죄로 고소를 넣었어요. 사정을 듣기는 했지만 그릴 줄은……."

"허. 이런 상큼하게 미친놈을 봤나?"

노형진은 기가 막혔다.

그 사건은 그렇게 끝나는 줄 알았다. 그런데 그 남자가 그 아이들을 절도로 정식으로 고소했다.

그리고 합의금으로 1천만 원을 내놓지 않으면 콩밥을 먹이겠다고 으름장을 놓고 있다는 것이다.

"1천만 원이 무슨 애 이름도 아니고."

이 정도 범죄로 1천만 원이나 합의금을 요구하는 건 말도 안 된다.

사실 절도로 고발을 넣어 봐야 둘 다 미성년자고 추운 상태에서 모르고 한 것이라 범죄가 인정된다고 해도 기소유예로 끝날 가능성이 높다.

"그런데 합의금 1천만 원이라."

"돈 뜯어내려고 하는 거네."

손채림은 바로 알아차렸다.

보통은 이런 걸로 고소까지 하지 않는다.

아무리 열 받아도 합의금으로 약 20만 원 정도 받고 말지, 1천만 원이라니.

"그 잠바가 20만 원도 안 될 텐데."

그 아이들이 입었던 잠바는 무슨 메이커도 아니고 더군다나 오래되어서 누더기였다. 그러니 그걸 판다고 해도 20만

원은커녕 10만 원도 안 할 것이다.

그런데 1천만 원을 요구하다니.

"뽕을 뽑겠다 이건가?"

"그런 것도 있을 테고."

노형진은 왠지 씁쓸하게 웃었다.

"강남에서 뺨 맞고 강북에서 화풀이하는 것 같은데?"

"응? 그게 무슨…… 아!"

손채림은 바로 알아들었다.

그날 노형진이 그에게 한 방 먹였던 것이다.

"그것도 벌금 좀 나오겠지."

"그걸 아이들한테 푼다 이거야?"

"그렇지."

자신에게 덤벼 봐야 이기지 못할 거라는 걸 안다. 그러니 만만한 사람에게 싸움을 거는 것이다.

"더군다나 1년에 4억쯤 벌면 일반인을 무슨 버러지쯤 되는 걸로 보는 녀석들이 있거든."

그렇게 수십 년을 세금 한번 내지 않고 통째로 뜯어먹었으니 못해도 자산이 100억은 될 것이다.

그러니 일반인은 무척이나 같잖겠지.

"그럼 너한테 덤빌 정도는 되는 거 아냐?"

"그럴 수도 있지."

어쩌면 자신에게 엿을 먹으려고 변호사를 찾아갔을 수도

있다.

그런데 만만치 않다고 하니까 상대를 바꿨을 수도 있다.

"하여간 가만히 있는데 싸움을 거는 녀석들이 꼭 있다니까."

노형진은 그렇게 말하면서 한숨을 쉬었다.

"어떻게 하시겠어요?"

"네?"

"정식으로 의뢰하시면 저희가 영혼까지 털어 드리고요."

"글쎄요······."

"의뢰하지 않으셔도 됩니다. 솔직히 말해서 이거 의뢰 안 하시고 그냥 둬도 별거 없어요."

저쪽에서 고발했다고 하지만 기소유예가 나올 가능성이 제일 높다.

설사 그 이상이라고 해도 벌금이다.

민사를 걸지도 모르지만, 그래도 배상금은 거의 없을 게 뻔하다. 엄밀하게 말하면 버린 물건이라 금전적인 손해가 없으니까.

"그 부분에 대해 남편이랑 이야기해 봤는데요."

"그런데요?"

"저쪽에서 그런 식으로 나오면 저희도 그냥 맞을 생각은 없다네요."

두 아이의 부모들도 가난한 사람은 아니다.

아이들이 잠깐 가출했다고 하지만 그건 어디까지나 시험

을 망쳐서 두려움에 나간 거지 엇나간 것도 아니고, 그렇다고 그사이에 누군가에게 그렇게 큰 피해를 준 것도 아니다.

아이들은 그저 추우니까 버려진 옷을 입으려고 한 것이다.

자신들도 집에서 그곳에 옷을 가져다 버리니 당연히 버려진 것이라 생각하고.

"그런데 그걸 가지고 한몫 잡으려고 달려드는 걸 보니 도무지 용납하지 못하겠더군요."

노형진은 고개를 끄덕거렸다.

"그렇지요."

"그래서 정식으로 의뢰하려고 합니다. 그냥 사과만 요구했다면 저희가 잘못한 거니 찾아뵙고 사과드리겠지만."

그리고 적당한 배상을 할 용의도 있다.

그러나 1천만 원이라니. 그것도 한 명당이다.

그러니 양측 해서 2천만 원.

아주 제대로 뜯어먹으려고 작정했다는 소리다.

"그리고 남편이 그러더군요."

"뭐라고요?"

"이런 짓 하는 놈은 경험이 있다고."

"흠……."

노형진은 고개를 끄덕거릴 수밖에 없다.

상식적으로 이런 짓을 하는데 처음부터 터무니없는 돈을 부르는 경우는 드물다.

"아마도 누군가에게 뜯어먹어 본 경험이 있겠지요."

가난한 사람들은 대부분 법적인 지식이 부족하다. 그러니 어떻게 해서든 합의하려고 할 것이다.

물론 진짜 1천만 원을 주지는 않을 테지만, 날로 수십만 원에서 수백만 원을 뜯어먹을 수도 있다.

"그러니 변호사님이 이번 사건을 잘 해결해 주셨으면 합니다."

노형진은 씩 웃었다.

"기다리고 있었습니다."

엿 먹어라

"이 새끼를 어떻게 엿을 먹인다?"

이번 사건의 핵심은 복수가 아니다.

하지만 그렇다고 사회를 위해 정의롭게 뭘 행해야 하는 것
도 아니다.

물론 크게 보면 피해자가 존재하지만 그건 아주 크게 봤을
때 이야기고, 엄밀하게 말하면 피해자는 없는 셈이니까.

"이번 사건의 핵심은 이 새끼한테 엿을 먹이는 건데."

소장을 받고 나서야 그 녀석의 이름을 알 수 있었다.

조건평. 서울 자원재생이라는 기업의 대표였다.

"와, 이 새끼 진짜 너무하네."

그의 주소지를 확인한 손채림은 혀를 내둘렀다.

그럴 수밖에 없는 게, 그의 집은 서울 강남 한복판에 있는 아파트였던 것이다.

"이 아파트가 가격이 10억인가 하는 걸로 알고 있는데."

그런데 그런 곳에 사는 사람이 버려진 옷을 주워 입었다고 가출한 애들을 고소하다니.

"원래 그런 녀석들이 있지."

자기는 잘못했다고 생각하지 않는 사람들.

그들은 남이 자신에게 준 사소한 피해는 악착같이 보복하면서 자신이 남에게 주는 피해는 신경도 쓰지 않는다.

"가장 좋은 건 그 녀석이 못 하게 하는 건데."

"하지만 구청에서도 손을 놨다면서?"

물론 법적으로 소송하고 싸움을 시작하면 구청에서 이길 수도 있다.

그러나 그 과정에서 언론이 끼어들 테고, 언론은 그들의 주장대로 장애인 단체를 구청이 탄압한다고 소설을 쓸 것이다.

'그리고 구청에는 폭탄이 떨어지겠지.'

대형 자치단체도 아니고 구청에 그러면 이길 수가 없다.

단순히 항의 정도가 아니라서, 그런 식으로 언론을 타면 정부에서는 해당 구청과 구청장에 대해 감사가 이루어지고 선출직인 구청장은 차기가 물 건너가는 것이나 마찬가지.

"결국 선거로 뽑히는 구청장이 있는 이상 구청에 부탁해서 단속하는 것은 무리야."

"와, 골 때리네."

손채림은 고개를 절레절레 흔들었다.

"수십 년의 카르텔이 그렇게 쉽게 만들어지는 게 아니거든."

그 과정에 구청에서 철거 시도를 안 했을 리 없다.

그러나 실패했으니 저들이 버티고 있는 거고.

"장애인들까지 팔아먹으면서 그렇게 살고 싶나?"

"우리나라에서 흔하게 벌어지는 일인데, 뭐. 뭔가를 할 때 돈을 주고 장애인을 끼워 넣고 말하지만 정작 그 일이 끝난 후에 장애인에 대한 배려는 전혀 없지. 과거의 군 가산점 제도 생각해 봐."

"아……."

지금은 사라졌지만 과거에는 군을 제대하면 공무원 시험을 볼 때 가산점을 주는 제도가 있었다.

그런데 그 부분에 대해 여성 단체들이 차별을 이유로 헌법 소원을 내서 없애 버렸다.

"그 당시 방패로 삼은 게 누군지 알지?"

"장애인들이었지."

그 당시 여성 단체들이 자신들만 나서면 욕을 심하게 먹고 집중 공격을 당할 것 같으니 방패로 내세운 것이 바로 장애인들이었다.

사실 장애인들은 법적으로 일정 부분 고용하도록 되어 있어서 하등 상관이 없는 일이었지만 여성 단체의 로비와 뇌물에 넘어가서 소송에 참여했고, 그 후에 철저하게 버려졌다.

"그 일로 장애인 단체는 욕먹고 지원도 대부분 끊어졌지."

그럴 수밖에 없는 게, 전 국민이 이건 아니라고 할 정도로 반대가 심했던 사건이다.

그 당시 기준 3년간 군 생활을 한 사람들에게 어떤 보상도 없게 되었으니까.

지금도 마찬가지.

군 생활 기간이 줄었다고 하지만 여전히 군대에 가서 나라를 지켜도 어떠한 보상도 받지 못한다.

듣는 소리는 집 지키는 개라는 소리뿐이고.

"정작 그 일이 있은 후에 지원하던 사람들이 장애인들에 대한 지원을 끊어 버렸어. 이미 할당제가 있고 공부한다면 여건이 되는데도 불구하고 심하게 욕심을 부렸다는 거지."

여성 단체는 그 부분에 대해 장애인들을 위해 했다고 가면을 뒤집어썼고 말이다.

"도대체 왜 그런 거야?"

"어디나 마찬가지야. 장애인 단체 대표가 장애인인 거 봤나?"

"뭐? 장애인 단체 대표가 장애인이 아냐?"

"내가 그런 꼬라지를 못 봤다."

"헐."

제대로 된 장애인 단체는 살아남을 수 없는 구조다.

정치적 지원이 없으면 장애인 단체는 살아남을 수가 없는

데 그러면 정치적으로 힘이 있는 사람이 대표가 되어야 한다.

그리고 그런 사람들 중에서 장애인은 없다.

"결국 이런 일에 끼어드는 대부분의 장애인 단체는 현재로서는 일종의 관변 단체야."

대표나 관련된 자들은 장애인 복지나 관련 운동을 한다면서 정부에서 지원금을 받고 그걸로 자기 배를 채우는 것이다.

"진짜로 장애인들을 위해 움직이는 곳들은 이런 사업을 할 여건도 되지 않지."

장애인 집단을 이루는 대다수의 단체들은 구설수를 조심한다.

혹시나 구설수에 올라가면 지원금이 끊어지는데, 그렇게 되면 생명 줄이 날아가는 셈이니까.

"그럼 이런 곳에 이름을 빌려주는 곳들은?"

"구설수에 올라가도 상관없다 이거지."

스스로 정치적 라인이 있으니 지원이 끊어지지 않는다는 것을 알고 있는 것이다.

그래서 거리낌 없이 이름을 빌려주는 것이다.

"흠……."

손채림은 여러모로 어이가 없다는 표정이 되었다.

하긴, 그녀의 입장에서는 이런 황당한 사건을 본 적이 없으니까.

"그러면 이제는 어쩔 거야?"

"글쎄, 현재로서는 우리도 장애인 팔아먹을까 생각 중이야."

"뭐라고?"

노형진의 말에 손채림은 고개를 갸웃했다.

"저쪽에서 팔아먹는데 우리라고 팔아먹지 말라는 법은 없잖아?"

노형진은 그렇게 말하면서 씩 웃었다.

"서울장애인복지회."

노형진은 명패를 읽으면서 자세를 바로잡았다.

서울 도심지 한복판에 자리 잡고 있는 째끈한 빌딩. 그 빌딩에 자리 잡고 있는 단체.

"자리부터가 관변이구먼."

"그런 게 드러나?"

"진짜 장애인 단체들은 보통 자기들이 운영하는 곳의 한구석이나 한 개 층을 쓰지, 이렇게 서울 한복판에 따로 주 사무실을 두는 경우는 드물어."

물론 그 규모가 크면 그렇게 둘 수밖에 없는 경우도 있다. 그런 경우라면 이해한다.

하지만 서울장애인복지회라는 단체는 공식적으로 운영하는 시설이 하나도 없다. 그저 복지를 위해 사회운동을 하는 것으로 되어 있다.

"그런데 이런 곳에 사무실을 둔다고?"

노형진은 코웃음을 쳤다.

"자기 돈 아니다 이거지."

정부에서 지원받으면 그 돈을 어디에 썼는지 제출해야 한다. 그런데 그 돈은 자기 돈이 아니다.

대충 맞춰서 제출해야 하기는 하지만 그래도 완벽하게 감사하는 경우는 드물다.

"그리고 이럼 임대료 같은 건 가장 깔끔하게 돈을 털어 낼 수 있는 방법이거든."

임대료로 수백만 원을 쓴다 한들 그걸 뭐라고 하는 경우는 드무니까.

"자, 들어가자고."

노형진은 손채림과 안으로 들어갔다.

"어떻게 오셨어요?"

"아, 회장님과 약속이 있는데요. 노형진이라고 합니다."

"아, 기다리고 계십니다."

비서로 보이는 여자의 안내를 받으면서 안으로 들어가는 노형진.

그는 들어가면서 손채림을 돌아보았다.

"부탁해."

"걱정 마셔."

그녀에게 뭔가를 부탁한 노형진이 안으로 들어가니 거만한 표정의 한 남자가 의자에 앉아서 그를 바라보고 있었다.

　"실례합니다. 노형진이라고 합니다."

　"기다리고 있었습니다. 앉으시지요."

　노형진에게 자리를 권한 그는 외부에 말해서 차를 가지고 오게 하고는 맞은편에 앉았다.

　"그런데 어쩐 일로 오셨습니다."

　"조건평이라고 아십니까?"

　움찔하는 남자. 그 이름을 알고 있기 때문이다.

　"알고 있습니다만?"

　"이쪽의 업무를 대리하고 있다고 주장하고 있는데."

　"그건 그렇지요."

　고개를 끄덕거리는 남자.

　노형진은 속으로 피식 웃었다.

　'대리 같은 소리 하고 자빠졌네.'

　이미 충분히 알아봤다.

　엄밀하게 말하면 조건평은 대리가 아니라 돈을 주고 이곳의 명의를 빌린 것뿐이다.

　"그 업무를 저희가 넘겨받았으면 합니다만."

　"네?"

　생각지도 못한 말에 그는 당황했다.

　그럴 수밖에 없는 게, 지금까지 그런 부탁을 한 사람이 처음이었기 때문이다.

"이곳에서 운영하는 의류 수거함 말입니다. 그거 저희가 넘겨받아서 관리하고 싶습니다."

천연덕스럽게 말하는 노형진.

"그건 좀 곤란합니다."

"어째서요? 저희가 조건을 더 좋게 해 드릴 용의가 있습니다만."

"그건 좀……."

당연히 회장은 모른 척할 수밖에 없다. 자기가 하는 게 아니니까.

자신들은 말 그대로 명의만 빌려줄 뿐이다.

'그리고 그건 명백하게 불법이지.'

사업을 할 때 명의를 빌려주는 것은 명백하게 불법이다.

가령 약사가 다른 사람에게 명의를 빌려주는 것도 불법이고, 의사가 명의를 빌려주는 것도 불법이며, 부동산 업자가 명의를 빌려주는 것도 불법이다.

서로 알음알음 모른 척하기는 하지만 불법은 불법이다.

'그러니 말 못 하겠지.'

불법이니까.

"하지만 조건평 씨에게 위탁하지 않으셨습니까?"

"그건 그렇지요."

"그걸 저희가 더 좋은 조건으로 해 드린다니까요. 더 싸게 해 드릴 수 있습니다."

"더 싸게라니요?"

"위탁이라면서요? 그러면 저희가 받는 돈을 줄여야지요."

"그게……."

위탁과 명의 대여는 방식이 완전히 다르다.

명의 대여는 일정 부분 돈을 주고 단체의 이름을 빌리는 거지만 위탁은 이 단체의 일을 일부 받고 대신 일해 주는 것이다.

당연히 위탁은 이 단체가 돈을 주는 거고, 명의 대여는 이 단체가 돈을 받는 거다.

"그러니까 저희가 그 전보다 20% 더 싸게 해 드린다니까요."

"안 됩니다."

"아니, 왜요? 서로 이득이지 않습니까?"

"안 된다니까요."

안 된다고 딱 잡아떼는 그를 보면서 노형진은 입맛을 다셨다.

"그렇다면 어쩔 수 없군요. 나중에 다시 찾아뵙겠습니다."

"고작 그런 일을 하러 변호사가 여기까지 온 겁니까?"

"고작이라니요. 변호사는 의뢰인을 위해서라면 뭐든 합니다."

의미심장한 미소를 지으면서 자리에서 일어나는 노형진.

회장은 그를 보면서 입을 쩝쩝거렸다.

"어찌 되었건 안 되는 건 안 되는 겁니다."

"다시 한 번 생각해 보십시오."

노형진은 시계를 힐끗 보고는 바깥으로 나갔다.

손채림은 소파에 앉아서 기다리고 있었다.

"끝났어?"

"어. 가자."

노형진은 불쾌한 얼굴로 자신을 노려보는 회장을 보다가 다시 몸을 돌려서 그 건물 바깥으로 나갔다.

그리고 건물에서 어느 정도 떨어지자 손채림을 바라보았다.

"어때?"

"네가 한 말이 맞더라."

"그렇지?"

"응. 왕따당하는 사람이 한 명이 있어. 그래서 그 사람 번호를 받아 왔지. 여직원 한 명이 왕따당하더라."

"그렇다니까."

이런 단체의 특징은 자기들끼리 놀고먹는다는 거다.

애초에 장애인 복지 운동을 한다는 흐리멍텅한 계획안으로 돈을 받아 낸다는 것이 결국은 자기들끼리 놀고먹겠다는 것이다.

문제는 다 놀고먹으면 누군가는 일해야 한다는 것.

"말했잖아, 그들에게 속하지 못하는 누군가가 있을 거라고."

그 누군가는 다른 사람들보다 적은 월급을 받으면서도 일을 한다. 그러나 그 회장과 그 일파 패거리는 일을 하지 않는다.

그걸 짧게는 몇 달, 길게는 몇 년을 봐야 하니 속이 안 터지면 사람이 아니다.

"보상이 충분하다면 우리가 필요로 하는 걸 가지고 나올 거야."

그들은 그 패거리와 다르게 언제 잘릴지 모르는 비정규직이다. 돈을 안 주기 위해 대부분 계약직으로 쓰기 때문이다.

정작 놀고먹는 패거리는 정규직인데.

"그러니까 우리가 따로 만나서 이야기하자는 거잖아."

오늘 여기에 온 목적이 그거였다.

애초에 넘겨주지 않을 것은 알고 있었다. 그러나 다짜고짜 찾아가서 직원의 전화번호를 달라고 할 수는 없는 노릇.

그래서 노형진이 미끼가 되어서 그들의 시선을 끄는 사이 손채림은 그런 직원을 캐치해서 슬쩍 전화번호를 받아 온 것이다.

"자, 이제 슬슬 복수를 해 보자고. 후후후."

⚖

"그 미친년들…… 아주 죽겠다고요. 일을 안 해도 출근은 해야 할 거 아니에요!"

따로 전화해서 만난 여직원은 이를 박박 갈았다.

"아예 출근도 안 하면서 저보고 전화해서 출근 카드 찍으라고 하는 게 어디 한두 번인 줄 아세요? 그나마 감사 철에만 잠깐 출근한다니까요. 그때 출근한다고 일하는 것도 아니에요. 그냥 앉아서 시간만 때운다고요."

억울한 듯 손으로 티슈를 찢으면서 그녀는 마구 화를 냈다.

"그래서 그걸 고치려고 하는 거 아닙니까?"

"하아, 어떻게요?"

"그 사장 놈과 그 녀석들을 잘라 내야지요."

"무슨 수로요? 전 그냥 비정규직이라고요."

"정규직이 될 수 있습니다."

"그러면 좋겠지만……."

사람들은 잘 모르는데, 그런 단체의 일자리는 엄청나게 편하다.

물론 일이 없는 건 아니다. 지금처럼 한 명에게 쏠리니까 문제지.

이를 반대로 말하면, 그들을 쫓아내고 제대로 된 사람으로 숫자를 채우면 아마 하루 근무시간 세 시간 미만으로도 모든 일을 할 수 있을 정도로 일이 별로 없는 조직이라는 뜻이다.

"그래서 도움이 필요한 겁니다."

"제가 뭘 도와드려요? 예산 문제? 그런 건 제가 접근할 수 있는 게 아니라고요."

돈이라도 빼돌릴 수 있으면 차라리 속이라도 시원한데 그 건 또 아니니 자신으로서는 할 수 있는 데 한계가 있다는 것을 설명하는 여직원.

"거기 장애인들 명단이 필요합니다."

"에?"

"일반 장애인들 명단 말입니다."

"그건 왜요?"

"그들이 반기를 들게 만들어야 하거든요."

"변호사님, 이런 말씀 드리면 죄송한데요, 그 사람들도 대부분 그냥 명의만 올려 둔 거예요."

그런 장애인들에게 무슨 일자리를 주는 게 아니다. 그냥 구색 맞추기로 명의만 올려 두고 한 달에 몇십만 원씩 받아 가는 것뿐이다.

"압니다. 그래서 필요한 거예요."

"그 사람들 그냥 일당 받고 행사에 나가는 게 다인데요?"

아무래도 국가 지원을 받는 단체이다 보니 뭐든 실적을 보여야 한다.

그러면 일단 대충 뭐 행사 하나 만들고 거기에 일당 주고 장애인들을 동원한다.

그나마도 좀 이름 있는 자리나 일당을 주지, 그렇지 않은 사람들은 밥이나 한 끼 먹여서 보낸다.

그 후 그 과정에서 발생한 돈은 최대한 부풀려서 빼돌리는 것이 일반적인 방식.

"압니다. 그렇지만 그들은 자기들이 어떤 처지인지 모를 겁니다."

"어떤 처지인데요?"

노형진이 그들의 상황을 설명해 주자 그녀는 깜짝 놀랐다.

"그게 사실이에요?"

"네, 그러니까 자기들 살길을 찾으려면 제가 말하는 대로 해야 할 겁니다. 문제는, 그렇게 되면 실무자가 없다는 거죠."

"실무자……."

그녀는 침을 꿀꺽 삼켰다.

사실 실무자라고 해 봐야 자신뿐이다.

회장과 그 일파는 전혀 일을 안 한다. 예산에 대해서만 자기들이 관리할 뿐이다.

그러니 자신이 실무자라면…….

"정규직을 보장해 드리지요. 그쪽에 조건을 달겠습니다. 월급도 두 배로 올려 드릴 겁니다."

"두…… 두 배요?"

"네."

노형진의 말에 그녀는 격하게 시선이 흔들렸다.

정규직에 월급 두 배라니.

'아니지……. 내가 많이 받는 건 아니잖아?'

그녀가 받는 건 월 150만 원 정도다. 그러면서 일이란 일은 다 한다.

그에 반해 출근도 안 하는 회장 패거리는 이름만 올려 두고 월 350만 원을 받는다. 그들은 정규직이니까.

'내가 그 돈을 받지 말라는 법은 없지.'

실무자인 자신이 빠지면 조직은 무너질 수밖에 없다.

"중요한 사람이라면 더욱 대접받아야지요."

노형진은 그녀를 보면서 말했고, 그녀는 심장이 강하게 강하게 뛰기 시작했다.

⚖️

"바글바글하네."

비밀리에 연락해서 모여든 사람들.

그들은 장애인이었다.

"뭐야?"

"협회 일로 와 달라고 하다니 뭔 일이래?"

"무슨 행사 하나 보지, 뭐. 밥이나 먹고 가자고."

그들은 별생각을 하지 않았다.

그럴 수밖에 없는 게, 그냥 와서 일당 받고 행사 한번 참여해 주고 밥 한 끼 얻어먹고 가면 그만이기 때문이다.

"아아, 마이크 테스트. 하나 둘, 하나 둘."

그 와중에 단상에 올라와서 테스트를 하는 한 남자.

그는 다름 아닌 노형진이었다.

다들 회장이 아니라 그가 올라오자 무슨 일인가 하는 표정으로 바라보았다.

"어이, 무슨 일이야?"

"회장은?"

무심결에 물어보는 사람들.

"회장은 없습니다."

"뭐라고? 회장이 없어?"

"아니, 행사를 하는데 회장이 안 올 리가?"

고개를 갸웃하는 그들에게 노형진은 그들이 처한 상황을 알려 주기로 했다.

"이건 회장의 문제가 아니라 여러분의 문제이니까요. 여러분들은 이제부터 감옥으로 가실 테니까."

"뭐…… 뭐라고?"

"그게 무슨 소리야!"

노형진의 말에 다들 당황해서 서로를 바라보았다. 그건 예상하지 못한 말이었기 때문이다.

"여러분들은 감옥으로 간다고 했습니다."

"아니, 어째서!"

"업무상 배임, 횡령, 공금 남용. 불법 명의 도용. 더 말씀드릴까요?"

"그게 무슨……."

노형진이 죄목을 말할 때마다 사색이 되는 사람들.

전혀 예상하지 못했던 죄목이었기 때문이다.

'이게 문제야.'

단순히 이름을 올리는 걸 쉽게 생각하는 사람들.

그로 인한 책임이 얼마나 무서운지, 그들은 이해하지 못한다.

'지적장애가 있는 것도 아니고 말이지.'

지적장애인이라면 이해라도 하겠는데 이들은 그것도 아니다.

더군다나 이 중 일부는 원래 장애인이 아니라 사고로 장애인이 된 것이다. 그런데 사회적인 문제에 대해 관심이 없다니.

"저기…… 당신은 누구인데……."

웅성거리던 와중에 그나마 정신을 차린 사람이 일어나서 말을 꺼냈다.

그의 오른쪽 팔은 휑하니 비어 있었다. 아마도 사고로 절단된 모양이었다.

"노형진이라고 합니다. 변호사이고, 여러분들을 고발할 사람입니다."

"뭐라고요?"

자신을 고발할 사람이 직접 자기들을 모으고 설명까지 한다는 말에 어이없어하는 장애인들.

"야, 이 새끼야! 누구 놀려!"

어떤 장애인이 소리를 지르면서 화내려고 하자 가장 먼저 일어났던 사람이 그들에게 소리를 질렀다.

"입 좀 닥치고 있어요! 지금 무슨 상황인지 이해 못 합니까? 저쪽에서 칼자루를 쥐고 있는데도 모이라고 한 건 조건이 있다는 뜻 아닙니까! 다들 머리까지 장애인 취급받고 싶어요? 생각 좀 해요! 생각 좀!"

'오호라?'

노형진은 그를 보면서 혀를 내둘렀다.

보통 이런 경우 사람들의 반응은 두 가지다. 넌 뭐냐고 하면서 화를 내든가, 아니면 그의 말에 따라 침묵을 지키든가.

'그런데 후자란 말이지.'

그렇다면 그가 이번 자리에서만 그런 게 아니라 실질적 리더라는 소리다.

'하긴, 회장은 그냥 명목상의 자리일 뿐이니까.'

보아하니 원래 장애인은 아니었던 듯하고 사회 경험이 있다면 리더로서 자리를 잡을 수도 있다. 경험이 풍부하니까.

거기에다 오른손이 없으면 생활만 불편해질 뿐이지, 머리가 나빠지는 건 아니다.

"자세한 이야기 좀 해 주시죠. 우리를 부른 걸 보니 조건이 있는 것 같은데."

"그렇게 말씀하신다면 간단하게 말씀드리죠. 여러분들에게는 수십억대를 횡령했다는 죄목이 걸려 있습니다."

"뭐라고요?"

"수십억?"

기가 막혀서 말을 못 하는사람들.

"이 단체에서 헌 옷 수거 사업을 하는 거 아십니까?"

"헌 옷 수거 사업?"

"그런 게 있어?"

"이 녹취록을 들어 보시죠."

노형진은 그날 회장이라는 작자를 만나서 한 대화를 들려줬다.

당연히 회장은 못 넘겨준다고 못을 박았다.

"이건 확실하게 그 사업을 하고 있다는 증거입니다."

"그런데요?"

"그런데 이건 재단법인이 아니라 사단법인입니다. 즉, 영리사업을 하지 못하게 되어 있지요."

그러나 이 진술에 따르면 분명히 영리사업을 했다.

"그것도 불법적으로 말입니다. 한 해에 대략 4억 정도 수익이 난다고 구청에서 확인해 주었습니다."

"4억!"

입을 쩍 벌리는 사람들.

"그렇게 수십 년간 영리사업을 하면서 사업 신고도 하지 않아 당연히 세금도 내지 않았지요."

"그런데 왜 우리가……."

"여러분들은 협회에서 공직의 자리에 있는 분들입니다. 그런 걸 감사하는 역할을 해야 하는 분들도 계시지요. 그러니 당연히 업무상 배임입니다. 그리고 그 4억은 누구에게 간 건지 신고도 되지 않은 채로 사라졌지요. 횡령이 성립될 가능성이 있습니다. 엄밀하게 말하면 그건 협회의 자산이니 공금 남용이 될 테고요."

"우리는 그냥 이름만 올려 달라고 해서……."

어쩔 줄 몰라 하는 장애인들.

그들은 무작정 자기들은 책임이 없다고 발뺌하려고 했다.
그러나.

"바지 사장이라는 말, 들어 보셨습니까?"

"바지 사장……."

그 단어를 모르는 사람은 없다.

불법적인 일을 할 때 대표로 나섬으로써 모든 책임을 지는
사람이다.

진짜 사장은 아니지만 돈을 받고 벌을 대신 받아 주는 셈
이다.

"여러분들은 바지 사장, 아니 이 경우는 바지 임원이 되겠
군요. 현행법상 바지 사장이라고 해도 처벌은 피하지 못합니
다. 등기상 올라가 있으니까요. 그리고 명의를 빌려주셨으니
그 책임은 지셔야 합니다."

노형진의 말에 일부는 패닉에 빠지고 일부는 울먹거렸다.

"이보게, 김 회장. 이게 무슨 말인가……. 무슨 말이야……."

"하아."

김 회장이라는 말에 노형진은 고개를 갸웃했다.

그리고 아까 맨 처음 일어난 남자는 한숨을 쉬었다.

"맞는…… 말입니다."

"뭐라고?"

"저 말이 맞습니다."

물론 이 협회에서 사업을 한 게 아니다.

하지만 명목상으로는 이름을 빌려줬고, 그 경우 세무 처리를 하게 되면 명백하게 협회에 그 수익이 들어간 것으로 처리된다.

그러니 그들은 그 입장에서는 벗어날 수가 없다.

"기, 김 회장!"

"그 녀석 믿지 말라고 몇 번이나 말씀드렸건만."

"아니야. 우리는 그러니까……."

"전 모르겠습니다."

모든 걸 다 포기한 얼굴이 되는, 김 회장이라 불린 남자.

"제발 부탁일세. 자네가 어떻게 해 봐!"

"아니, 다리도 병신인데 감옥 가면 나 못 살아!"

김 회장이라는 사람에게 매달리는 사람들.

노형진은 그걸 보고 대충 눈치가 왔다.

'사정이 있군.'

보통은 자신에게 매달리거나 자신과 이야기하려고 하지, 다른 사람에게 이야기하려고 하지 않는다.

'그렇다면 나야 편하지.'

노형진은 그 김 회장이라는 사람과 눈을 마주쳤다.

"김 회장님, 이 사건에 대해 저와 잠깐 이야기하실까요?"

이것이 법이다

그는 왠지 씁쓸한 미소를 지었다.

"김중섭이라고 합니다."

"노형진입니다."

"아까 그 일은……."

"대충 압니다."

"네?"

"조직 만드신 거, 김중섭 씨죠? 나중에 현 회장이 와서 빼앗은 거고."

그의 얼굴이 씁쓸하게 변했다.

"어떻게 아신 겁니까?"

"뜬금없이 멀쩡한 녀석이 나타나서 장애인 단체를 만들겠습니다, 그러면서 모은다 해서 사람이 모일 리 없지요."

"끄응……."

맞는 말이었다.

김중섭이 나서서 단체를 만들었다. 그러나 그는 정치적인 힘이 없어서 그저 말뿐인 단체였다.

그런 그에게 현 회장이 접근해서 정치적 힘을 실어 주는 조건으로 협업을 요구했다.

'말이 협업이지, 사실상 단체를 빼앗는 거지.'

그 후에 정부의 지원이 들어오면 그걸 자신이 홀라당 다 먹는다. 한두 번 벌어지는 일도 아니고 말이다.

그런 식으로 전문적으로 하는 놈도 있는데, 심지어 회장 직함을 대여섯 곳씩 가지고 있는 사람도 있다.

"국가 지원이라는 말에 다들 혹했지요."

"하지만 지원받아 봐야 남는 게 없고요."

"네."

아예 없던 시절보다 나을지는 모를지만 대부분의 지원은 회장이 다 빼돌리는 형태가 되는 것이다.

"그런데 도대체 수억씩 횡령이라니, 어떻게 된 겁니까?"

"말 그대로죠."

노형진은 그들이 처한 상황을 설명해 줬다.

"그러니까 조건평이라는 인간이 우리 명의를 빌려서 사업을 하는데 그것에 대해 소송 중이고, 그에게 보복하기 위해서는 우리 단체가 함께 쓸려 들어간다는 겁니까?"

"정확합니다."

"아아아…… 내가 이럴 줄 알았어야 하는데……."

김중섭은 하나 남은 손으로 머리를 부여잡았다.

그 사기꾼 녀석이 사고를 칠 거라 생각은 했지만 이건 초대형이었다.

"명의를 빌려준 게 아니라 위탁 형태로 되어 있기 때문에 제가 고발하면 이 단체는 수십억의 횡령으로 걸리게 됩니다."

"으으으……."

그렇게 되면 자신들은 파멸이다.

지원이 끊어지는 것은 당연한 일이고 그 횡령액을 자신들이 물어 줘야 하며 그동안의 세금도 자신들이 물어내야 한다.

최악의 경우, 정부에서 지원받은 돈을 모조리 뱉어 내야 한다.

"그리고 그 책임은 이름을 올린 임원들이 지게 되어 있지요."

"그분들은 대부분 거지입니다. 한 달에 고작 30만 원 받고 이름을 올린 것뿐이에요."

"이름을 올린 것 자체가 책임진다는 뜻입니다. 사회생활을 해 보셨으면 아실 텐데요."

김중섭은 입을 다물 수밖에 없었다.

맞는 말이다. 이름만 올려도 그 책임을 져야 하는 게 법이다.

또한 그것에 대한 처벌은 따로 받아야 한다.

"좋습니다."

그는 고개를 끄덕거렸다.

"상황은 이해했습니다. 그런데 고발을 진행하지 않고 저희를 찾은 건 이유가 있어서겠지요?"

노형진은 씩 웃었다.

'역시나.'

그래도 말이 통하는 사람이 한 명 있으니 바로 협상이 가능하게 생겼다.

"저희 목적은 조건평에게 엿을 먹이는 겁니다. 여러분들의 몰락이 아니라요. 전 솔직히 지금 상황이 여러분들의 조직이 정상적으로 굴러가게 할 수 있는 기회라고 생각합니다."

"기회?"

"네."

"무슨 기회요?"

"명의를 올려 두셨잖습니까?"

"그렇습니다만?"

"그게 책임을 발생시키는 원인이죠. 그 말은, 권한 역시 발생한다는 뜻입니다."

김중섭은 고개를 번쩍 들었다.

⚖

"서울장애인복지회 57차 회의를 시작합니다."

개회가 시작되는 순간 문을 박차면서 들어오는 한 남자.

"뭐 하는 짓거리야, 이 병신 새끼들아!"

그 안에 있던 사람들은 눈을 찌푸렸다.

그건 욕이 아니라 진실이기 때문에 더 기분 나빴던 것이다.

"병신이라니요. 장애인복지회의 회장이라는 분이 그런 말씀을 하시면 안 되죠."

진행을 담당하던 손채림은 마치 훈계를 하듯이 말을 꺼냈다.

하지만 현 회장의 입장에서는 어이가 없었다.

"이 병신 새끼들이 증말! 내가 누군지 알아!"

"알지요. 그래서 이번 회의를 하는 거 아닙니까?"

"뭐?"

"현 회장의 해임 및 고발에 관한 건. 주제를 아시니까 오신 거 아니에요?"

그랬다. 오늘 주제는 현 회장의 해임 및 고발에 관한 건이었다.

이유는 횡령과 배임.

'아마 당황하겠지.'

명의를 빌려주고 조건평에게 받은 돈을 과연 그가 복지회 예산으로 썼을까?

그랬다면 문제가 없다.

하지만 무단으로 빌려준 것이니 무단으로 받았을 테고, 그 돈을 자기가 먹었을 건 당연한 일.

'그러면 공식적 서류로 판단하자면 무단으로 사업을 해서 사업으로 번 돈 수십억을 횡령했다는 뜻이지, 흐흐흐.'

노형진은 구석에서 미소를 지으면서 그를 바라보았다.

물론 그의 입장에서는 억울하겠지만 명백하게 자신이 위임했다고 말한 이상 졸지에 그 수억대의 수익을 빼돌린 셈이 되었다.

그리고 그건 충분히 해직 사유이자 고발 사유가 된다.

"누구 마음대로 해직이고 고발이야! 내가 누군지 알아!"

언성을 높이는 현 회장.

"범죄자지요."

김중섭은 차갑게 말했다.

그런 김중섭을 본 현 회장의 눈꼬리가 한껏 올라갔다.

"너…… 이 새끼……."

그도 안다, 김중섭이 자신을 좋아하지 않는다는 걸. 그러나 다른 사람들이 정부 지원 때문에 자신을 밀어줬다는 걸.

그런데 자신이 잘리는 현장에 그가 나타나다니.

"이 새끼, 죽여 버리겠어!"

뛰어들려고 하는 순간 앞을 가로막는 사람들.

"당신이 잘못한 거잖아."

"뭐?"

"수십억을 횡령해서 어쨌어?"

"뭐라고?"

"조사해 보면 다 나와."

기가 막혀서 말이 안 나오는 현 회장.

그는 한편으로는 가슴이 뜨끔했다.

'이런 씨발…….'

이들은 그 수십억을 사업해서 번 돈이라고 생각하여 추궁한 것이지만 그는 자신이 빼돌린 정부 지원금이라고 생각한 것이다.

진짜로 조사하면 다 나올 테고, 그러면 자신은 끝장이다.

'씨발⋯⋯.'

뇌물을 받은 공무원들이 과연 도와줄까?

그럴 리 없다. 모른 척하면서 자신이 다 먹었다고 할 것이다.

그건 막아야 했다.

"누구 마음대로 회의야!"

"정관에 의한 회의입니다. 3분의 1 이상이 개회를 요구하면 회의를 해야 하고, 그중 3분의 2 이상의 동의를 얻으면 그건 효과를 발휘합니다."

현 회장은 회의실 안을 바라보았다.

자신을 빼고 모두 다 있었다.

물론 명의만 있는 새끼들이었다. 명의만.

'그러나 명의를 빌려주면 책임도 발생하지. 그리고 권리도.'

노형진이 노린 부분이 바로 그거였다.

명의만 빌려준 거라고 하지만 그들은 정식으로 등재되어 있는 임원과 이사. 그들이 들고일어나 현 회장을 불신임, 즉 자르려고 한다면 아무런 문제가 없는 것이다.

'더군다나 명의 대여 조건으로 돈까지 줬으니.'

물론 임금치고는 터무니없이 적은 돈이지만 자원봉사 차원에서 한 것이며 그건 그에 대한 소정의 사례금이라고 주장하면 법적으로도 그들은 명백하게 임원이 맞다.

"임원들은 당신의 비리를 더 이상 그냥 둘 수 없다고 판단

했습니다."

김중섭은 차갑게 말했고, 사람들의 시선은 그의 시선보다
더 차가웠다.

'우리가 죽을 수는 없어.'

노형진은 그들에게 현 회장에게 모조리 뒤집어씌우는 쪽
으로 가라고 충고해 줬다. 그러면 복지회는 피해자가 될 뿐
이기 때문이다.

당연히 함께 죽는 것보다는 배신 때린 한 놈을 죽이는 걸
택하는 게 사람들의 습성이고.

"계속 회의를 진행하겠습니다."

진행을 담당하는 손채림은 회의를 계속 진행하려고 했다.

그러나 현 회장은 그렇게 넘어갈 생각이 없었다.

"이 병신 새끼들이 증말 죽으려고 환장했나!"

눈을 크게 뜬 그는 이를 악물었다.

"야, 이 새끼들 끌어내!"

그 말과 동시에 문 바깥에서 들어오는 건장한 덩치의 사내들.

그들은 목과 팔을 우두둑거리면서 안으로 들어왔다.

"이거 참, 병신들이 지랄하는 것도 아니고."

"병신들 주제에. 다른 한쪽도 병신 만들어 줘?"

히죽 웃으면서 들어오는 그들을 보고 사색이 되는 사람들.

그리고 그걸 보고 미소 짓는 현 회장.

'너희가 날 이길 것 같아?'

이런 일이 한두 번 있는 게 아니다.

정부의 예산을 빼돌리다 보면 누군가 또 욕심을 내서 자신을 쳐 내려고 한다.

그걸 한두 번 겪어 본 게 아니기 때문에 이럴 때 동원할 어깨들은 필수였다.

"야, 이 새끼들 끌어내."

"그러지요."

히죽거리면서 안으로 들어오는 조폭들.

노형진은 그걸 보면서 혀를 끌끌 찼다.

'이건 뭐…… 아주 그냥 정석이네, 정석.'

이렇게 될 줄 노형진이 몰랐을까?

그랬다면 그는 여기에 있지도 않았을 것이다.

"이쯤이면 영장은 필요 없지요."

"영장?"

마치 임원인 것처럼 자리에 앉아 있던 노형진이 일어나면서 외치자 조폭들은 어리둥절했다.

"그렇지요."

그러자 맞은편에서 일어나면서 말하는 한 남자.

"뭐야, 저 새끼들은?"

"아, 이 새끼들에 대해 소개를 하자면 전 노형진이라고, 변호사입니다. 이번 사건을 담당하고 있고요. 이쪽은……."

"여! 익히 아는 놈들 많이 보이네. 얼씨구, 넌 수배까지 떨어진 새끼가 여기 온 거야? 깡도 좋다?"

히죽 웃는 남자.

그리고 그 남자를 알아본 몇 명의 얼굴이 사색이 되었다.

"이런 씨발! 검사잖아!"

"뭐?

"야! 튀어!"

그를 보자마자 튀려고 하는 남자들.

그럴 수밖에 없는 게, 경찰이라면 뇌물을 주든 뭘 하든 해서 어떻게 무마할 수도 있다. 그러나 상대방이 검찰이라면 그건 쉬운 게 아니다.

더군다나 그 검사의 말대로 이 중 몇 명은 수배까지 떨어진 상황.

"이거 완전 노다지인데?"

검사는 쫓아갈 생각도 하지 않았다. 어차피 가 봐야 혼자서 다 때려잡을 수는 없으니까.

그러나 이미 바깥은 때려잡을 사람들로 가득했다.

"이런 씨발……."

몸을 돌려서 도망가려던 조폭들은 우뚝 멈췄다. 다른 회의실 문이 벌컥 열리면서 경찰들과 의경들이 쏟아져 나온 것이다.

그들은 입구를 막고 흉흉한 시선으로 조폭들을 바라보았다.

"곱게 갈래, 아니면 드잡이질할까?"

결국 축 늘어지는 조폭들.

당황한 현 회장은 주변을 두리번거렸고, 그런 그의 어깨에 검사가 손을 턱 올렸다.

"자, 당신도 가야지? 저 조폭들하고 무슨 관계인지 털어 보면 참 재미있을 거야. 그치?"

회장은 사색이 되었다.

그리고 손채림은 끌려가는 사람들을 보면서 중얼거렸다.

"이럴 거면 도대체 왜 나한테 진행을 맡긴 거야? 진행이 안 되잖아, 진행이."

"이제 진행해야지, 후후후."

끌려 나가는 사람들을 보며 노형진은 미소를 지으면서 말했다.

몸이 아니라 정신이 장애인

해직안이 통과된 후에 노형진이 제시한 두 번째 안건은, 공식적으로 위탁되어 있는 것으로 된 헌 옷 수거 사업을 회수하는 것이다.

그게 조건이었기 때문에 별 이견 없이 진행되었고, 노형진은 그 결정문을 보고 미소를 지었다.

"그런데 이거 그냥 물러날까?"

"미쳤어? 그놈이 이 노다지를 그냥 줄까?"

"더군다나 그 수거함은 그 녀석이 설치한 거잖아?"

"그렇지."

"그럼 문제 있는 거 아냐?"

그냥 명의만 지워 버리면 그만이라는 뜻이기 때문이다.

"그래서 우리는 공권력을 써야 합니다."

"뭔 소리야."

"구청을 이용하자 이거지."

"구청?"

노형진의 말에 손채림은 고개를 갸웃했다.

사건 초기 노형진은 분명히 이번 사건에서 구청의 도움을 구하지 못할 거라고 했기 때문이다.

"구청이 그런다고 뭐가 달라져?"

"구청에 도움을 요청하는 게 아니라 구청을 도와주는 거야. 그리고 이미 달라진 상태야. 우리는 그걸 구청에 통지할 뿐이고."

"그런데?"

"그 회수함들, 조건평이 설치한 거잖아. 그렇지?"

"그렇지."

"그런데 증거 있어?"

"응?"

"그 녀석이 설치했다는 증거가 있느냐고."

"어……."

그러고 보니 없다.

대부분의 의류 수거함은 짧게는 10년, 길게는 몇십 년 전에 설치된 것을 계속 쓰고 있다. 그러니 누가 만들고 누가 설치했는지 증거가 남아 있지 않다.

"그 상황에서 이쪽에는 위탁계약 기록이 있단 말이지. 그렇다면 그 수거함의 주인은 누가 될까?"

"아!"

위탁이라는 것은 어떤 걸 맡기는 행위다.

즉, 계약서대로라면 그 의류 수거함의 주인은 장애인복지회다.

조건평이 자기 거라고 주장하고자 한다면 그에 맞는 증거를 내밀어야 하는데, 그런 게 있을 리 만무하다.

"그리고 그걸 내는 순간 그는 다른 죄에 걸리지."

"허."

빠져나갈 수 없는 함정인 셈이다.

손채림은 그 말을 듣다가 고개를 갸웃했다.

"그러면 우리가 회수하면 되잖아?"

어차피 이쪽의 물건이라고 하면 이쪽에서 회수하면 된다. 그러면 편하다.

물론 노형진도 안다.

"그러면 재미가 없지."

"재미?"

"우리는 다양한 맛의 엿을 그에게 먹여 주려고 하는 거거든."

"다양한 맛의 엿이라고?"

"기다려 봐, 구청 맛 엿을 먹는 꼴을 보여 줄 테니."

노형진은 결정문을 흔들면서 미소를 지었다.

조건평은 의류 수거함으로 옷을 가지러 갔다.

이쯤이면 옷을 대대적으로 정리하는 시기이기 때문에 대목이었다.

그런데 그가 의류 수거함이 있는 자리에 갔을 때, 그곳에는 아무것도 없었다.

"뭐야? 어디 갔어?"

이리저리 둘러봤지만 어디에도 없는 의류 수거함.

가끔 그걸 훔쳐 가는 놈들도 있기 때문에 그는 눈을 찌푸리면서 다른 위치로 갔다.

그러나 그곳에도 의류 수거함은 없었다.

심지어 두 곳을 더 돌았는데도 의류 수거함이 남아 있는 곳이 없었다.

"허, 이 새끼들 봐라?"

그제야 조건평은 상황을 이해했다.

전에도 한번 이런 적이 있었기 때문이다.

"구청에서 쓸어 갔네. 씨발."

아무래도 자리를 차지하고 교통에 방해될 수밖에 없기 때문에 구청에서는 철거하려고 한다.

하지만 몇 번 시도했다가 자신에게 된통 당하고는 안 하는 줄 알았더니 다시 철거한 모양이었다.

"이 새끼들이 증말."

조건평은 얼굴을 찌푸리면서 전화기를 들었다.

귀찮지만 이 경우에는 어쩔 수 없다. 사람을 불러야지.

"야, 애들 좀 불러라."

—네? 애들요?

"그래. 구청에서 또 쓸어 갔어."

—또요? 아니, 그 새끼들은 또 왜 그런대요?

"새해 되고 하니까 미쳤나 보지."

그는 짜증이 나는 듯 오만상을 찡그렸다.

한창 옷 정리하는 대목인데 이렇게 털어 가면 손해가 막심하기 때문이다.

"애들한테 이야기해서 나오라고 해."

—네.

통화를 끝낸 그는 바로 다른 곳으로 전화를 돌렸다.

"아, 석 기자님? 저 조건평입니다. 저야 잘 지내지요. 기자님 덕분입니다. 네? 아, 그게요, 구청에서 또 장애인들을 괴롭혀서요. 아직도 정신 못 차렸네요. 아니, 장애인들이 먹고살자고 힘들게 하는 게 불쌍하지도 않은가 봅니다. 네, 장애인들이 시위하러 간다고 하거든요. 내일요. 네. 그럼 내일 뵙지요."

그는 그렇게 통화를 끝내고 전화를 끊었다.

"이 새끼들, 제대로 쪽팔려 봐야지."

그는 이를 박박 갈기 시작했다.

⚖️

다음 날 구청 앞에는 사람들이 몰려들었다.

다른 기자도 부른 건지 여러 기자들이 와 있었고, 무슨 일이 벌어질지 알아챈 구청의 직원들은 안절부절못했다.

"걱정하지 마시라니까요."

"아니, 걱정 안 하게 생겼어요?"

"주인이 철거해 달라고 한 건데요, 뭘."

"그거야 그런데······."

법적으로는 맞다. 그러니 안 돌려줘도 된다.

하지만 문제는 바깥에 있는 기자들이다.

"아······ 이거 잘못 건드린 건 아닌지 모르겠네."

기자들이 언론에서 구청을 까기 시작하면 업무를 할 수 없을 정도로 항의 전화가 온다.

문제는 그게 시작이라는 것.

"걱정하지 마세요."

노형진은 웃으면서 공무원들을 다독거렸고 그러는 사이 저멀리 몇 대의 차량이 다가왔다. 그리고 그 안에서 절뚝거리면서 내리는 장애인들.

그들은 내리자마자 플래카드를 꺼내 들고 고래고래 외치

기 시작했다.

"장애인들의 생존권을 보장하라!"

"보장하라!"

"장애인을 말려 죽이려는 계획을 멈춰라!"

"우리도 먹고살자, 이놈들아!"

울부짖으면서 외치는 사람들.

그리고 기자들은 그 모습을 사진으로 찍기 시작했다.

몇몇 기자들은 공무원들에게 다가가서 한마디씩 묻기 시작했다. 그리고 그걸 본 담당 공무원은 등골이 서늘했다.

"아, 이럴 줄 알았어……. 아, 씨발…… 큰일이네."

일이 이 지경이 되면 보통 책임은 자신이 진다.

물론 최종 결정은 구청장이 내리지만 사회라는 게 어디 책임대로 되던가?

"걱정 마세요, 우리가 알아서 할 테니."

노형진은 그들이 한참 그러도록 놔두다가 천천히 바깥으로 나갔다. 그리고 당당하게 그들 앞에 섰다.

"여러분, 이거 불법 시위입니다. 신고하셨어요?"

"뭐라고?"

"신고하셨냐고요. 시위는 신고하고 하셔야지요."

"야, 이놈아! 넌 피도 눈물도 없냐!"

"사람들! 이것 좀 보소! 우리를 말려 죽이려고 하오!"

노형진의 말에 더욱 격하게 화를 내는 사람들.

공무원들은 그 모습을 보면서 머리를 부여잡았다.

"아…… 망했다."

저런 사람들이 신고하고 시위할 리가 없지 않은가?

"설마 신고 안 했다고 '죄송합니다.' 하고 물러날 거라 생각한 거야? 아이고, 맙소사."

공무원들은 하나같이 시커먼 얼굴이었다.

이제 벌어질 일에 대해서 앞이 너무나도 훤히 보였기 때문이다.

"아니, 왜 그래요? 그래도 불쌍한 사람들인데."

손채림은 그걸 보고 고개를 갸웃했다.

"불쌍? 저게 지금 불쌍해 보여요?"

"네?"

"아이고, 안 당해 봤으면 말을 마세요."

치를 떠는 공무원들.

손채림은 고개를 갸웃했다.

그러는 사이 노형진은 신고 안 했으면 자진 해산하라는 충고를 남기고 유유히 이쪽으로 다가왔다.

"그런다고 갈까?"

"갈 리 없지."

"그런데 왜 해산하라고 한 거야?"

"기회를 줬다는 이미지를 줘야 나중에 편하거든."

"헐."

손채림은 시위하는 장애인들을 물끄러미 바라보다가 노형진에게 슬쩍 다가가서 물었다.

"그런데 저 사람들 왜 저러는 거야?"

"뭐가?"

"아니, 장애인이라고 하니까 치를 떨잖아?"

"아······."

노형진은 이해한다는 듯 고개를 끄덕거렸다.

"약자라는 게 보호의 대상이기는 한데, 그걸 무기로 쓰는 놈들이 있거든."

"무기?"

"그래. 보통 사람들은 약자를 편들어 주고 심적으로 동조하거든. 그런데 그걸 이용해서 무기화시키는 거야."

"응?"

"을질 같은 거 말이야."

"아아아."

을질.

사회적 약자인 것을 이용해서 사람들을 자기편으로 만들고 사회적 여론으로 찍어 누르는 행위.

"저들도 장애인이야. 그건 맞아. 그런데 문제는 그걸 이용한다는 거지."

사회적으로 해서는 안 되는 걸 하고는 장애인이니까 봐줘야 한다는 식으로 몰아붙이거나 자신은 마치 피해자인 양 주장하는 것.

"이해가 가네."

그들을 무시하고 괴롭히는 사람이 있는 반면 그들을 존중하고 이해하는 사람도 있다.

"문제는 그게 악순환이라는 거지."

그런 식으로 행동한다고 해서 그들을 무시하고 괴롭히는 사람이 바뀌는 경우는 드물다.

결국 그들의 행동은 그들을 존중하던 사람들에게 영향을 주고, 그 영향을 받은 사람들은 학을 떼게 만든다.

"그리고 그런 행동은 대다수 장애인들을 더욱 곤란하게 만들지."

그러면서 노형진은 시위하는 자들을 바라보았다.

그들도 그걸 모를 리 없다.

그래서 이렇게 극단적으로 시위하는 경우는 무척이나 드물다.

'그러고 보니 이상한데.'

노형진은 그들의 행동을 보면서 고개를 갸웃했다.

왠지 모를 어색함이 그들 내부에 돌고 있었던 것이다.

'흠……'

뭔지 알 수는 없지만 확실히 존재하는 어색한 분위기.

'뭐, 일단 중요한 건 그게 아니니까.'

노형진은 그들이 시위하는 모습을 물끄러미 바라보았다.

그러는 사이 한 대의 차량이 구청 안으로 들어왔다.

"자, 본게임을 시작하자고."

노형진은 그렇게 말하면서 그 차량으로 다가갔다. 그리고 그 차량에 가서 내리는 사람과 인사했다.

그건 다름 아닌, 이번에 새로 정식 회장으로 선임된 김중섭이었다.

"그놈들이 왔나요?"

"네."

"가 보죠."

함께 그곳으로 가자 시위하던 장애인들은 노형진과 김중섭을 물끄러미 바라보았다.

"뭐야?"

"넌 뭐야?"

도리어 김중섭을 보고 이해하지 못한다는 얼굴이 되는 그들.

갑자기 장애인이 나타났으니, 이해할 수 없으니까.

"지금 시위한다고 해서 들렀습니다."

"그래! 장애인을 괴롭히는 녀석들을 그냥 둘 수는 없어!"

"우리도 살아야 한다구!"

"그건 좋은데요, 여러분들 누굽니까?"

"뭐?"

"누구시냐고요."

"우리는 서울장애인복지회다! 그건 우리가 설치한 거라

고! 우리도 먹고살 방법이 없어서 설치한 건데! 그걸 털어
가, 이 나쁜놈들아!"

피켓을 들면서 항의하는 장애인들.

기자들은 상대 쪽에서도 장애인이 나오자 무슨 일인가 하
는 눈치로 스윽 다가왔다.

"난 당신들 모르겠는데요?"

"뭐라고?"

"내가 서울장애인복지회 회장입니다. 내가 만들었고, 거
기서 15년간 일했습니다. 대부분의 사람들을 아는데, 당신들
은 처음 보는데요."

"뭐?"

"그게 무슨 소리야?"

순간 당황하는 사람들.

그때 기자들이 호기심을 가지고 더욱 가까이 다가왔다.

서울장애인복지회에서 나와서 시위한다고 해서 쫓아왔다.
정부를 비판하는 뉴스는 언제나 먹히니까.

그런데 뜬금없이 그 복지회 회장이 나타나서 시위하는 사
람들을 모른다고 하다니?

"그거야……."

"어……."

어쩔 줄 몰라 하는 시선을 주고받는 사람들.

"네가 다 아는 건 아니지."

누군가 애써 하는 말.

"그렇죠. 하지만 스무 명이 넘는 사람들이 있는데 그중에 한 명도 모른다는 건 말이 안 되죠."

노형진은 그 사이에 끼어들면서 씩 웃었다.

"그리고 회장에게 너라고 말하는 회원은 더 말이 안 되고."

아차 하는 얼굴이 되는 사람들.

"당신들은 누굽니까?"

김중섭은 그들에게 물었다.

"당신, 사칭 아냐?"

"아닌데요."

재단법인 등록증을 보여 주면서 자신의 신분을 드러내는 김중섭.

"사칭은 중죄입니다."

노형진은 그들에게 근엄하게 말했다.

기자들은 지금 상황이 이해가 가지 않는 듯 어리둥절한 표정이 되었다.

"간단하게 말해서 이 사업을 하는 건 서울장애인복지회인데, 이번에 사업에서 철수하면서 그걸 철거하기로 했습니다. 그런데 그걸 가지고 이 사람들이 와서 갑자기 내놓으라고 하는 거죠."

"철수요? 강제로 철거한 게 아니라요?"

"아닙니다. 전임 회장이 이렇게 불법적으로 사업을 벌여서 고발당한 후에 철거하기로 결정했거든요."

노형진이 차분하게 설명하자, 기자들은 지금의 상황이 자신들이 예상한 그림과는 좀 다르다는 생각을 하고는 바로 자세를 바꿨다.

아까는 그냥 적당히 사진 찍고 갈 생각이었다면 이번에는 시위를 하던 사람들에게 질문을 던지기 시작한 것이다.

"정작 복지회에서는 당신들을 모른다고 하는데요?"

"그러면 누구신지요?"

"왜 여기서 시위하는 겁니까?"

"전 회장이 횡령으로 고발당했다고 하는데, 관련이 있는 분들입니까?"

점점 핀치에 몰리는 장애인들.

노형진은 그들에게 다가갔다.

"신분증 좀 보여 주세요."

"뭐라고?"

"신분증요. 우리를 사칭하고 시위하는데 협회 차원에서 그냥 넘어갈 수는 없지 않습니까? 경찰에 고발하겠습니다."

당황한 그들은 주춤주춤 물러나기 시작했다.

"당장 경찰 부르겠습니다."

"이 나쁜 놈! 장애인을 그렇게 괴롭히고 싶어!"

그러자 누군가 노형진의 멱살을 잡아 올렸다.

노형진이 경찰을 부르기 위해 전화기를 꺼내 들었기 때문이다.

"어어."

멱살을 잡아서 미는 그 때문에 노형진은 바닥을 나뒹굴었고, 기자들은 그 틈을 노려서 사진을 찍어 대기 시작했다.

"이게 무슨 짓입니까!"

김중섭은 그걸 보고 마구 화를 냈다.

노형진은 그런 그를 손을 들어서 말리면서 바닥에서 일어났다.

"전 괜찮습니다."

"하지만……."

"다치거나 하지 않았어요. 전 괜찮아요."

그러면서 히죽 웃는 노형진.

그러나 그의 속은 그렇게 좋지 않았다.

'난 괜찮지만 너희는 안 괜찮을 것 같네.'

노형진은 자리를 툭툭 털고 일어났다. 그리고 주변을 스윽 살폈다.

'어쩐지 아까부터 이상하다 했어.'

왠지 모를 위화감. 그런 게 아까부터 느껴지기는 했지만 뭔지 확실하게 감을 잡지 못했다.

그러나 이번에는 아니다. 멱살이 잡히는 순간 그들의 기억이 조금이나마 읽힌 것이다.

그제야 노형진은 그 위화감이 이해가 갔다.

'차량도 그렇고.'

저들은 한꺼번에 봉고 여러 대를 타고 왔다.

물론 장애인이라고 해서 그러지 말라는 법은 없다. 그러나……

'차량에 장애인 마크도 없어.'

장애인들은 일반적으로 장애인 주차 표시가 있는 차량을 쓰는데, 그들이 타고 온 봉고에는 그 표시가 없다.

그뿐만 아니다. 그들이 들고 있는 집기들도 어색하다.

그들은 대부분 팔과 다리가 없다. 그래서 휠체어와 목발을 하고 있다.

그런데 이상한 것은, 그다지 사용한 흔적이 없다는 것.

장애인이면 매일같이 써야 하는 사지 같은 존재가 바로 휠체어와 목발이다. 그런데 흔적이 별로 없다.

아니, 흔적이 있기는 한데 본인과 맞지 않는다고 해야 하나?

거기에다, 붙어 있는 렌탈 마크.

'세상에 어떤 장애인이 보조 기구를 렌트해서 쓸까.'

다른 것도 아니고 목발과 휠체어같이 항시 써야 하는 것들을 말이다.

더군다나 다리 없는 장애인들은 한 명쯤은 의족을 할 만도 한데 의족을 찬 사람은 한 명도 없다.

그리고 그게 뜻하는 것은 단 하나.

"신분증을 봅시다."

"네가 뭔데 신분증을 내놓으라 마라야!"

격하게 반응하는 장애인들.

노형진은 그런 그를 보면서 피식 웃었다.

"주민등록증이나 운전면허증 말고."

"뭐?"

"장애인증 내놔 보세요."

"그게 무슨……?"

"장애인증 말입니다. 당연히 그건 있을 거 아닙니까?"

"그게 뭐가 다른데!"

"물론 신분을 보증하는 용도는 같죠."

그러면서 씩 웃는 노형진.

"하지만 장애인증은 장애인인 걸 보증하죠."

"그게 무슨……?"

"장애인증이 없어요? 한 명도? 이 스무 명이 넘는 사람 중에 단 한 사람도?"

노형진이 커다란 목소리로 질문을 던졌다.

기자들은 이게 무슨 소리인지 이해가 가지 않는다는 듯 고개를 갸웃했다.

"어……."

그런데 술렁거리는 분위기가 이상했다.

마치 내빼고 싶어 하는 듯한 분위기.

"단 한 명도 없어요?"

노형진의 말에 뭔가 알아차린 김중섭의 얼굴이 붉어질 대로 붉어지기 시작했다. 극도로 흥분한 모습.

"너희들이 그러고도 사람이야, 이 개새끼들아!"

그의 노호성에도, 기자들은 여전히 이해를 못 하겠다는 얼굴이었다.

"야…… 가자! 가!"

"내 더러워서 간다!"

황급하게 그 자리를 떠나려고 하는 장애인들.

노형진은 그런 그들의 앞을 가로막았다.

"잠깐. 누구 마음대로 가려고."

"아니, 내가 간다는데 네가 뭔데 막아!"

화를 내는 찰나 앵앵거리면서 들어오는 경찰차들.

노형진이 고개를 돌려 보니 손채림이 웃으면서 자신의 전화기를 흔들고 있었다.

'나이스 타이밍.'

경찰이 오자 이제는 진짜로 당황한 그들은 서둘러서 가려고 했다.

"무슨 일입니까?"

경찰들이 다가오고 극도로 흥분한 김중섭이 그들을 후려칠 것 같은 모습으로 노려보자 기자들도 뭔가 있다는 걸 알아차렸다.

"아, 원래는 협회 사칭으로 불렀는데요."

"협회 사칭?"

"네. 소속된 사람도 아닌데 마치 소속된 것처럼 주장해서요. 그런데 다른 것도 사칭한 것 같습니다."

"다른 거라니요?"

"아, 씨발. 우리 간다니까!"

경찰이 다가올수록 더욱 당황하는 사람들.

그러나 노형진은 봐줄 생각이 없었다.

"잠깐 도와주세요."

"뭘요?"

"이 인간 좀 잡아 봐요."

"아, 놔! 안 놔? 씨발! 놓으라고!"

목발을 들고 있던 남자는 갑자기 거칠게 저항하면서 목발을 휘둘렀다.

마치 누구도 접근하지 못하게 하려는 듯.

"경찰이면 다야! 씨발!"

소리를 지르는 남자.

그러자 경찰이 엉거주춤하게 섰고, 그는 경찰을 경계하기 시작했다.

그때 노형진이 빠르게 접근해서 그의 목발을 빼앗았다.

"어어어!"

다리 없는 장애인의 목발을 빼앗으면 당연히 넘어질 수밖에 없다.

"으억!"

"넘어간다!"

다급한 비명.

그러나 그들이 생각하는 일은 벌어지지 않았다.

"어?"

넘어졌어야 하는 사람이 서 있었다, 그것도 두 발로.

"짜란!"

노형진은 두 손을 들어서 마치 마법을 부린 것처럼 행동했다.

"앉은뱅이를 일으킨 정도가 아니라 없는 다리를 만들었습
니다. 이 정도면 거의 신이라고 해도 되지 않을까요?"

"이게 무슨……."

당황한 기자들과 경찰들.

그리고 더 당황하는 장애인들.

"야, 이 새끼야! 다 걸렸어!"

마구 화내는 김중섭.

경찰은 이해를 못 하겠다는 듯 노형진에게 되물었다.

"이게 어떻게 된 겁니까?"

"보다시피입니다. 이들은 장애 단체 정도가 아니라 장애
인 자체를 사칭한 겁니다."

"네? 장애인 사칭요?"

"네. 팔과 다리를 접어서 장애인을 사칭하는 기술이 있지요."

과거에 그런 식으로 구걸하던 녀석들이 많다는 것을 알고

는 있었다.

그런데 설마 그런 방식을 써서 시위까지 할 줄은 생각도 못 했다.

"저것들이 제정신이야?"

기자들조차도 사진을 찍을 생각도 못 하고 어이가 없어서 중얼거렸다.

"어쩐지 모조리 팔다리가 없더라니."

손채림은 기가 막히다는 듯 말하면서 다가왔다.

장애의 종류도 많다. 눈이 멀거나 귀가 먼 사람들도 있다.

그런데 웃기게도, 여기에 온 사람들은 모조리 다 팔다리가 없었다.

"그게 눈에 확 띄고, 불쌍하다는 감정을 쉽게 불러일으키거든."

귀가 멀거나 눈이 먼 것은 티가 잘 나지 않으니까.

"이런 미친 새끼들."

경찰은 기가 막히다는 듯 중얼거리고는 다른 사람에게 다가갔다.

"이거, 단추 풀어."

"에?"

"당신 팔에 있는 단추 좀 풀라고. 확인 좀 해야겠어."

"난 장애인인데……."

"그러니까 확인한다니까."

우물쭈물하던 그는 결국 단추를 풀었는데, 자연스럽게 그곳에서 팔이 솟아났다.

사실 팔은 그냥 팔 하나만 안쪽으로 넣어도 없는 것처럼 할 수 있으니 쉬운 일이다.

"이거 미친 새끼들 아냐?"

공무원들은 분노했다.

그 뒤로도 여기저기서 팔과 다리가 솟아나는 기적이 벌어졌다.

"너, 종교 하나 만들어도 되겠다. 없는 사지가 막 생기네."

손채림은 어이가 없다는 듯 빈정거렸고 노형진은 그런 장애인 사칭자들을 보면서 피식거렸다.

"그러지 마라. 저 사람들도 장애인이야."

"뭐? 어디가?"

"몸이 아니라 정신이."

"아…… 인정."

고개를 푹 숙이는 장애인 사칭자들을 보면서 다들 고개를 끄덕거릴 수밖에 없었다.

⚖

"그래서 어떻게 된 건가요?"

의뢰인들은 노형진의 말을 듣고 허탈한 웃음을 지으면서

물었다.

"그 후에는 수사가 진행되었지요. 고발당한 전 회장이 모조리 불어 버리면서 탈세와 사기 등의 혐의로 조건평은 구속되었습니다. 정확한 금액은 조사해 봐야 알겠지만 수십억을 탈세했으니 아마 전 재산을 다 털리고도 남을 겁니다."

"다른 사람들은요?"

"누구요?"

"그 정신이 병신인 사람들."

"사기 혐의로 체포되었습니다. 나중에 알고 보니 다 조건평이 시킨 거라고 하더군요."

"헐."

"뭐, 금전적으로 이득을 취한 게 많지 않아서 그다지 처벌이 강하지는 않겠지만 언론에 그런 행동이 드러났으니 얼굴은 못 들고 다닐 겁니다."

"미친놈들이네요."

"그놈들 때문에 장애인들만 곤란해졌어요."

이권을 빼앗을 목적하에 집단으로 장애를 사칭했다는 소식이 뉴스로 나가면서 일반인들이 진짜 장애인들에게까지 의심을 보내기 시작한 게 이번 사건의 문제였다.

"하여간 구청에서도 다음번에는 대대적으로 확인한다고 하니 아마 이런 짓은 못 할 겁니다."

"그럼 그 사업은 누가 하는 건가요?"

"어떤? 아, 의류 수거업요?"

"네."

"그건 장애인협회에서 계속하기로 했습니다. 다만 구청과 협의해서 허가받은 위치에 설치하기로 했어요."

장애인이라고 해서 그걸 하지 말라는 법은 없다.

장애인용 차량을 운전해서 돌아다닐 수도 있고, 그걸 열어서 옷을 꺼낼 수도 있다.

"어차피 장애인들이 일자리를 구하는 건 쉬운 게 아닙니다. 수억씩 들어오는 사업을 버릴 수는 없죠. 어차피 다른 분들에게는 버리는 옷이니까."

"그렇지요."

그렇게 번 돈으로 장차 장애인들이 자립할 수 있는 공장이라도 하나 만들겠다면서 김중섭과 협회 사람들은 잔뜩 기대하고 있었다.

"이게 다 여러분 덕분입니다."

"저희가 뭘요."

"귀찮다고 피하는 대신에 싸우셨잖아요."

그들이 귀찮다고 조건평과 합의해 버렸다면 아마 이 모든 것은 드러나지 않았을 것이다.

하지만 의뢰인들이 귀찮음을 선택하고 약간의 손해를 감수한 덕분에 이 모든 일이 드러났다.

"자존심 때문에 한 일이지만 기분은 좋군요."

어찌 되었건 사회의 일정 부분을 정리했으니 말이다.

"자랑스러워하셔도 됩니다."

"다만 걱정되는 게 있네요."

"어떤 거요?"

"그놈들이 자기 정신이 장애인이라고 장애인 신청하는 게 아닌가 하는."

"그러면 우리야 좋지요. 그 사건, 우리한테 맡겨 주면 좋겠네요. 병신 인증을 확실하게 해 줄 수 있는데."

의뢰인은 빵 터졌다.

"으하하하!"

그런 그에게 노형진은 한마디 더 했다.

"진심입니다. 으하하하!"

짭새 떳따

"무슨 사건이라고요?"

노형진은 성관중에게 사건을 부탁받았다.

그런데 듣다 보니 이건 도무지 이해가 가지 않는 사건이었다.

"경찰한테 맞았는데요, 경찰한테 공무 집행 방해랑 폭행으로 체포되었네요. 제가 어떻게든 해 보려고 하는데 방법이 없네요."

"경찰한테 맞았는데 경찰한테 체포된다?"

이게 무슨 소리인지 이해하지 못한 노형진은 다시 한 번 되물을 수밖에 없었다.

"좀 간단하게 설명해 보세요."

얼마나 다급한지 제대로 설명되지 않아서 노형진으로서는

이해가 가지 않았다.

"말 그대로입니다. 제가 담당하는 사건이 있는데, 이건 도무지 말이 안 돼요."

어떤 사람이 경찰을 불렀다. 경찰을 부른 이유는 사소한 주차 문제 때문이었다.

상가 건물의 지하 주차장으로 들어가는 입구를 차 한 대가 막고 있었던 것.

전화했지만 상대방은 전화를 받지 않아서 경찰을 불렀다는 것이다.

그런데 경찰이 오자마자 다짜고짜 그를 폭행한 뒤 수갑을 채우고 끌고 간 것이다.

"이해를 못 하겠는데……."

노형진은 일단 그 부분에서부터 이해가 가지 않았다.

"체포된 사람이 신고자라고요?"

"네."

"불법 주차를 한 사람이 아니라?"

"네."

"아니, 왜요?"

"저야 모르죠."

처음에 들었을 때는 그 불법 주차를 한 사람이 무슨 구속 영장이 나온 범죄자라서 그를 체포한 줄 알았다.

그런데 체포된 사람은 불법 주차를 한 사람이 아니라 그걸 신고한 사람이라는 것이다.

"그 사람한테 무슨 구속영장이 나오거나 한 게 있습니까?"

"전혀요. 애초에 그런 사람이 경찰을 부르겠습니까?"

"그럴 리 없기는 하죠."

바보도 아니고, 자기한테 구속영장이 나왔는데 경찰을 부를 이유는 없다.

"그러니까 현행범이랍니다."

"네? 현행범요? 아니, 그게 무슨 말도 안 되는 소리예요?"

경찰을 부른 사람이 공무 집행 방해와 폭행의 현행범이라는 게 무슨 말도 안 되는 소리란 말인가?

상식적으로 이해가 가지 않는 사건이었기 때문에 성관중 변호사도 몇 번이나 확인해야 했다.

그러나 바뀌는 것은 없었다.

"증인은요?"

"증인도 없어요."

"네?"

"증인도 없고 증거도 없고."

"이상한 상황이군요."

노형진은 이해가 안 간다는 표정이었다.

"그래서 의뢰인은 어디에 있습니까?"

"구치소요."

"구치소? 설마 구속영장까지 나온 겁니까?"

"네."

"전과 있는 분이세요?"

"아니요."

"전과도 없는데 구속영장까지 나온다?"

이해가 가지 않았다.

물론 경찰을 폭행한 경우에는 구속영장이 나오는 빈도수가 높긴 하다. 공권력에 대한 저항이니까.

'그런데 공권력에 대한 저항치고는…… 이상한데?'

보통 공권력에 대해 저항하는 사람은 범죄자다.

그렇지 않은 경우는 자신이 공권력에 피해를 입었을 때, 또는 공권력에 대한 불신이 극에 달할 때가 대부분.

그런데 진술에 따르면 경찰을 부른 것은 의뢰인이라고 했다.

문제는 후자의 경우라면 경찰을 부르는 걸 꺼린다는 것이다. 경찰을 불렀다는 것 자체가 경찰에 대해 큰 불만이 없다는 소리다.

"저도 이해가 가지 않아서 노 변호사님에게 사건을 부탁드리려고 하는 겁니다."

노형진은 고개를 끄덕거렸다.

이건 아무리 봐도 일반적인 사건은 아니었다.

"일단은 제가 한번 가서 보는 게 좋을 것 같군요."

이해가 가지 않는 사건이었기 때문에 노형진은 사건을 받아들이는 것 말고는 방법이 없었다.

그가 아니면 그 누구도 해결하지 못할 테니까.

"일단 가 봅시다."

진실이 어떤 건지는 현장에 가 봐야 알 수 있을 것이다.

⚖️

"허?"

노형진은 멍이 들고 팔과 다리에 깁스를 하고 있는 의뢰인 서종팔을 보면서 기가 막혔다.

"이 상태에서 구속이라고요?"

"네."

"장난합니까?"

팔과 다리에 깁스를 해서 도망은커녕 생활도 불편한 사람이 구속이라니?

"이 지경인데 영장 실질 심사에서도 안 풀어 줬어요?"

"네."

성관중 변호사의 말에 노형진은 절로 눈이 찌푸러 들었다.

'이건 사건이 처음부터 말도 안 되잖아?'

물론 다쳤다고 무조건 구속을 풀어 줘야 하는 것은 아니다.

가령 사기나 횡령 등 금전 거래 관련 사건은 도주할 수도 있기 때문에 풀어 줘서는 안 된다.

하지만 이건 그런 사건도 아니고, 애초에 집도 멀쩡하게 있고 자신이 운영하는 가게도 멀쩡하게 있는 사람이 도대체 왜 도주를 하겠는가?

'더군다나 공무 집행 방해나 폭행은 인멸할 증거가 있는 것도 아닌데 말이지.'

노형진은 이해가 가지 않는다는 표정으로 그를 바라보았다.

"보아하니 독직 폭행 사건인 것 같은데요."

독직 폭행이란 경찰이나 검찰 등 국가권력을 집행하는 자가 자신의 권력을 이용해서 일방을 폭행하는 사건을 뜻한다.

"이거 된통 걸리셨네요."

"아니, 왜요?"

"우리나라는 독직 사건이 엄청 많거든요."

"네?"

노형진은 한숨부터 나왔다.

그럴 수밖에 없는 게, 그 내부에서 끼리끼리 뭉쳐 먹는 게 있기 때문이다.

"독직 사건의 경우 기소율이 얼마나 되는지 아시나요?"

"네?"

노형진의 말에 성관중도 모른다는 표정이 되었다.

하긴, 독직 사건은 보통은 잘 알려지지 않는 사건이니까.

"0.2%입니다."

"얼마요?"

"0.2%요. 한 해에 독직 사건이 수백 건씩 생기는데 제대로 기소되는 비율이 그중 한 명도 안 됩니다."

"헐."

노형진은 그렇게 말하면서도 한숨부터 나왔다.

독직 사건이 생기는 이유는 간단하다. 그리고 그게 문제다.

"뭔가 건드리셨지요?"

"네?"

독직 사건이라는 건 경찰의 입장에서도 자신의 생계를 걸고 벌이는 일이다. 아무리 끼리끼리라고 해도, 말도 안 되는 걸로 이런 짓을 저지르지는 않는다.

"뭔가 건드리셨으니까 이런 꼴 당하신 거죠. 안 그런가요?"

"아……."

노형진의 말에 서종팔은 아차 하는 얼굴이 되었다.

"뭐든 있을 겁니다. 건드리신 게……."

"경찰이 돈을 요구한 게 있어서……."

"돈을요?"

"네."

그는 시장에서 작은 가게를 하는 사람이었다.

시장이라고 해 봐야 작은 가게들이 모여 있는 오래된 재래시장이라 그렇게 장사가 잘되는 곳은 아니다.

그리고 그는 그 시장에서 오래 장사를 한 사람이었다.

"그런데 그곳에서 제가 회장이 되었거든요."

"그런데요?"

"그런데 경찰이 떡값을 요구해서요."

"떡값?"

성관중 변호사는 이해가 가지 않는다는 얼굴이 되었다.

떡값이라니? 경찰이 왜 상인들에게 떡값을 요구한단 말인가?

그러나 노형진은 이해가 간다는 표정이 되었다.

"거절하셨군요."

"네. 말도 안 되는 거죠. 아니, 떡값을 왜 줍니까? 더군다나 적은 것도 아니고."

"적은 것도 아니다?"

"네."

작은 시장이라고 하지만 점포의 수가 이백쉰 개나 된다. 그곳에서 경찰이 점포당 3만 원 정도만 떡값으로 협찬을 해 달라고 한 것이다.

그런데 점포당 3만 원이면, 이백쉰 군데라고 하면 7,500만 원이나 된다.

"한 번도 아니고 세 번이나 그랬어요."

"세 번이나?"

"네."

추석에 한 번, 설에 한 번, 그리고 다시 추석에 한 번.

"전임 회장의 말로는 매년 그래 왔다고……."

"매년요?"

"네."

추석과 설에 그렇게 돈을 줬다면 한 해에 1억 5천이다.

거기에다 다른 돈까지 하면 한 해에 거의 2억 가까운 돈을 경찰에 줬다는 뜻이다.

"그럴 돈이 있으면 상인들의 복지를 위해 쓰죠. 아니, 그게 문제가 아니라 화장실부터 고치겠습니다. 시장 오는 분들마다 화장실이 불편하고 더럽다고 얼마나 민원이 많은데."

"그런데요?"

"그런데는 뭐가 그런데입니까? 제가 미쳤다고 그 돈을 줘요?"

"끄응……."

노형진은 머리를 부여잡았다.

왜 이런 사건이 벌어졌는지는 명확했다.

"잘못 건드렸네요."

"네? 잘못 건드렸다고요?"

"그 돈 달라고 한 사람, 한 명이죠?"

"네? 아, 네. 그렇지요."

"출동한 사람도 그 사람이고."

"네."

"하아."

노형진이 한숨을 쉬자 성관중 변호사는 그런 노형진에게 다급하게 물었다.

"설마 그것에 대한 보복이라고 생각하십니까?"

"네."

"아니, 설마요?"

"설마? 경찰이 돈 요구하는 게 한두 번이라고 생각하세요?"

노형진의 말에 성관중은 아차 하는 얼굴로 눈을 찡그렸다.

그럴 수밖에 없는 게 그가 친서민 변호사를 자처하면서 많은 서민들을 만났는데 일을 하면서 느낀 것이 경찰이 무조건 믿을 만한 존재는 아니라는 것.

"그리고 그 큰돈을 한 명이 다 먹는다고 생각하세요?"

"네?"

"애초에 사건 이야기를 들으면서 이상하다는 생각을 계속했습니다. 아무리 독직 사건이라고 하지만 이렇게 극단적으로 폭행하는 경우는 없거든요."

경찰도 바보는 아니다.

극단적으로 폭행하게 되면 증거가 남기 때문에 자신이 처벌을 받고 옷을 벗게 된다.

문제는 그 경우 연금 같은 것을 받지 못하게 된다는 것이다.

"그게 무슨 말인지?"

서종팔은 이해하지 못한다는 얼굴이 되었다.

그리고 노형진은 그에게 차분히 이야기했다.

"지금은 인터넷에 이야기가 퍼지면 여러모로 골치 아프죠. 그런데 경찰이 대놓고 돈을 달라고 합니다. 그게 무슨 의미겠습니까?"

"아……."

"하물며 그 사람이 오래 경찰을 한 사람이면 이해라도 합니다. 하지만 경장이라면서요?"

"네? 아, 네."

"경장이면 계급이 어느 정도인지 아십니까? 군대로 치면 잘해 봐야 중사쯤 됩니다."

즉, 실무에 대해 좀 더 배워서 한 번 승진한 정도. 민간 기업으로 치면 대략 대리쯤 되는 계급.

그게 바로 경장이다.

"그런데 경장이 미쳤다고 돈 달라고 시민들을 협박해요?"

오래전부터 경찰을 한 사람이라고 하면 이해가 간다.

자기 버릇 개 못 준다고, 옛날에는 그런 일이 비일비재했으니 말이다.

하지만 지금은 그런 행동을 대놓고 하지 못한다.

"근무 기간이 기껏해야 3년 정도일 텐데."

"그렇다면……."

성관중 변호사는 바로 알아차렸다.

짬도 그렇고 경험도 그렇고, 돈을 달라고 할 계급이 아니다. 그런데 그런 그가 이렇게까지 할 수 있다는 건 뒤에 누가 있다는 뜻이다.

"이거 완전히 제대로 찍혔군요."

노형진은 한숨부터 나왔다.

"이건 아주 대놓고 조폭이네."

노형진이 사건 기록을 검토하면서 한 말이다.

그만큼 이번 사건은 너무 뻔하게 보였다.

"대놓고 조폭이라고?"

"그래. 애초에 신고 자체부터 글러 먹었어."

"그게 무슨 소리야?"

"이 기록에 따르면 현장에 출동한 게 가해자인 박낙현 경장이라고 되어 있거든."

"그런데?"

"그게 문제야."

"아니, 그냥 출동했다가 부딪친 걸 수도 있잖아?"

노형진은 코웃음을 쳤다.

그런 거라면 이해라도 하지, 이건 애초에 그런 수준이 아니다.

"경찰 근무 규칙 중에 뭐가 있는지 알아?"

"응?"

"경찰은 무조건 2인 1조가 기본이야."

아무리 사소한 사건이라고 해도 2인 1조가 기본으로 구성되어 있다.

단순 불만 접수에서부터 살인까지, 최하 두 명이 출동한다는 소리다.

"그런데 보고서를 보면 다른 경찰의 존재 자체가 드러나지 않아."

"응?"

손채림은 다시 한 번 서류를 확인했다.

그리고 그제야 노형진의 말대로 다른 사람이 없다는 사실을 알 수 있었다.

"이게 가능한가?"

"불가능하지."

기본적으로 출근하는 순간부터 퇴근하는 순간까지 2인 1조로 움직이게 되어 있으니까.

"한 가지만 빼고 말이지."

"뭔데?"

"경찰이 고의로 한 명만 보내는 경우."

"그게 무슨……."

"말 그대로야."

2인 1조로 간다는 것은 한 사람이 뒤를 봐준다는 의미도 있지만 한 명이 증인이 된다는 것도 있다.

만일 이번 사건처럼 보복을 한다면 그 파트너는 증인이 되어서 그를 고발해야 한다.

"그런데 갑자기 혼자 보냈단 말이지. 왜 혼자 보냈겠어?"

"보복을 하라 이건가?"

손채림은 말을 하다가 기가 막혔다.

지금까지 그냥 현장에 갔다가 서로 얼굴을 보고 감정이 격해져서 싸운 거라고 생각했다. 그런데 애초에 그런 게 아니라니?

"그거 말고는 답이 없어."

규칙마저도 어기고 한 명만 보내는 행동을 이해할 수 있는 방법은 그것뿐이었다.

"출동도 보통은 랜덤이기는 한데."

"한데?"

"이 경우는 랜덤인 것 같지 않아."

"왜?"

"상식적으로 혼자 근무하는 사람이 우연히 튀어나올 리 없잖아."

"응?"

"네가 신고한다고 쳐 봐. 경찰이 무조건 대충 하는 건 줄 알아? 아니야. 다 순서가 있어."

일단 112에 신고하고 나면 그 후에는 지령실에서 해당 경찰서로 통지한다. 그리고 그 후 해당 경찰서에서 인원을 보낸다.

이게 정상적인 과정이다.

"문제는 혼자 보냈다는 거지. 보복하라는 의미로 말이야."

"그게 무슨 의미인데?"

"간단하지. 이 사건에 지령실이 끼어 있다는 거지."

"엉?"

손채림은 기겁했다.

단순히 우연이 아니라 지령실까지 끼어 있다니?

"상식적으로 생각해 봐. 아까 말했다시피 2인 1조가 기본이야. 지령실에서 랜덤하게 누군가를 보내라고 말이 나왔다면 당연히 2인으로 된 팀이 갔어야 했어. 그런데 혼자 갔단말이지, 마치 보복하라는 것처럼."

"그런데?"

"그렇다는 건 그들이 출동할 때부터 의뢰인의 신분을 알았다는 소리야. 그러면 그 신분을 알 수 있는 사람이 누구겠어?"

"지령실……."

현장 경찰서에서는 단순 출동을 하는 곳이다.

물론 알려고 하면 못 알 건 아니지만 다급한 출동 상황에 그런 걸 챙기는 경우는 드물다.

"하지만 지령실은 발신자가 뜨도록 되어 있어. 전화번호를 알고 있다면 그가 누군지도 안다는 뜻이지."

성관중 변호사는 그 부분은 생각 못 했다는 표정이 되었다.

"그런가요?"

"네. 그런데 이건 또 뭘 의미하느냐면, 의뢰인인 서종팔씨를 경찰이 특별히 주시하고 있다는 뜻입니다. 하루에도 수많은 신고 전화번호가 뜹니다. 그런데 그중에서 딱 그 사람

것만 일종의 블랙리스트처럼 뜬다는 게 이해가 가십니까?"

"그런 기능이 있습니까?"

"보통은 잘 없죠."

일반인의 번호가 그렇게 관리될 이유가 뭐가 있겠는가?

보통 그런 전산상에 등록되는 것은 장난 전화를 많이 하는 사람들의 전화다.

112나 119는 누군가에는 장난 전화의 대상일지 몰라도 누군가에게는 생명 줄이니까.

그래서 그렇게 등재된 번호는 신고 내역을 들어 봐서 장난 전화면 빠르게 끊는 게 보통이다.

"하지만 이런 식으로 블랙리스트도 가능한 거죠."

가령 이번처럼 신분을 공개해서 알린다든가 하는 식으로 말이다.

"그리고 다른 증거도 있지요."

"다른 증거?"

"CCTV도 확인해 보셨다면서요?"

"네? 당연히 그랬죠."

여러 곳에 CCTV가 있는 게 사실이다.

더군다나 이 사건 기록에 따르면 폭행이 이루어진 곳은 두 곳이다.

한 번은 경찰서 입구에서, 한 번은 출동한 현장에서.

두 번에 걸쳐서 폭행이 이루어졌다.

"그런데 없다면서요?"

"없었죠."

성관중은 고개를 끄덕거렸다.

경찰은 그 기록이 없다는 말로 증거 제출을 거부했다.

"사람들이 잘 모르는데요, 그런 CCTV는 일반적인 가정이나 가게와 달라요. 중앙관제센터에서 관리한단 말입니다. 그리고 그걸 보기 위해서는 경찰이라고 해도 허가가 필요해요."

"네?"

그건 몰랐던 성관중은 어리둥절했다.

손채림은 고개를 갸웃했다.

"그런 거야?"

"그래."

수많은 CCTV를 각 장소마다 저장소를 만들어 둘 수는 없다.

돈도 돈이거니와, 그런 식이면 현장에서 범죄자가 그걸 훼손하는 것도 가능하기 때문이다.

"더군다나 인권 문제가 있기 때문에 그걸 보는 것도 정식으로 신청해서 허가받아야 합니다. 서장급 이상의 결재가 있어야 해요. 하물며 기록을 보는 것도 그런데 그걸 삭제한다?"

노형진은 슬며시 썩소를 지으면서 입꼬리를 올렸다.

그리고 그게 무슨 뜻인지 알아차린 성관중 변호사는 머리를 부여잡았다.

"아…… 맙소사."

보는 것도 그 정도인데 아예 삭제했다면 도대체 어떤 사람들이 동원되어야 할까?

"그렇다는 건……."

"맞아. 체계적인 보복인 거지."

전형적인 폭력 조직의 구조다.

소위 수금을 하는 조직원이 하나 있고 그 위에서는 모든 죄를 그에게 뒤집어씌운다.

그러다가 수금에 저항하는 누군가가 생기면 그에게 보복을 하고, 그 후에 조직에서는 그의 뒤를 봐준다.

'다른 점이라고는 경찰이라는 신분상 증거를 조작하는 거야 일도 아니라는 거지.'

이미 서종팔은 공무 집행 방해와 폭행으로 구속까지 된 상황이다. 그런데 얼마 전에는 그에게 무고까지 뒤집어씌워졌다.

대놓고 사법적으로 죽이겠다는 소리나 마찬가지.

"아니, 도대체 왜 그러는 거야?"

"조폭이랑 똑같지, 뭐."

조폭이 자신에게 저항하는 사람에게 보복하는 이유는 뭘까?

그냥 말을 안 들어서?

그렇게 간단한 게 아니다.

"그들이 그러는 이유는 누군가 자신에게 저항하지 않게 하기 위해서야. 의뢰인이 회장 하면서 돈을 안 줬어. 그리고 파멸했다고 하면, 그 후에 누가 저항하겠어?"

"아……."

"그리고 공식적으로는 떡값을 말했지만 사실은 그보다 더 할걸."

"더할 거라니?"

"말했잖아, 공식적인 거라고. 회장도 바뀌고 그랬으니 다짜고짜 돈을 달라고 하기 뭐해서 떡값 핑계를 댄 것뿐일 거야. 아마 다달이 가지고 갔겠지."

"그 정도까지야……."

성관중 변호사는 설마 하는 표정이 되었다.

그러나 노형진의 생각은 좀 달랐다.

"2억이 적은 돈은 아니죠. 하지만 이런 식으로 일을 저지르기에는 좀 위험부담이 있는 돈입니다."

"그런가요?"

"네. 아마도 일단은 떡값 정도로 요구해 보고 자기 말을 따르는 사람인지 판단하려고 했을 겁니다."

"하지만 그걸 어떻게 판단합니까?"

"판단하는 게 아니라 물어보면 됩니다."

노형진은 담담하게 말했다.

"왜 회장직에서 물러나신 겁니까?"

서종팔은 현 회장이다. 당연히 전임 회장이 있기 마련이다.

그리고 전임 회장이라면 당연히 현실에 대해 알고 있을 수밖에 없다.

"그거야 저도 지치고……."

"지친다는 문제가 아닐 텐데요? 회장을 하면 생기는 게 얼마나 많은데요?"

"그건 뭐……."

"비밀로 해 드리겠습니다. 사실을 말해 주세요."

"난 몰라요."

"그래요? 수사하면 뭐든 나오겠지요."

"아니, 누가 날 수사한다고 그래요!"

"세무서에서는 좋아할 것 같은데요?"

"끄응."

전임 회장은 짜증스러운 얼굴이 되었다.

노형진은 그를 보면서 다시 한 번 말을 했다.

"비밀입니다. 여기서 있었던 일은 절대 이야기하지 않겠습니다. 아니면, 경찰에 찔러볼까요?"

"뭐요?"

"당신이 우리와 이야기 나눈 것을 경찰이 알면 뭐라고 할까요?"

"아, 진짜……."

그는 한숨을 푹쉬더니 고개를 흔들었다.

"알았습니다. 말하죠. 대신에 절대로 말하면 안 됩니다."

"네."

"제가 아까 한 말은 거짓말은 아닙니다. 지치고 힘들어서 그래요."

"말도 안 되는 소리 하지 마세요. 돈이 얼마나 생기는 자리인데."

상가가 이백쉰 개나 되는 시장의 상인회장이면 못해도 매년 몇억은 챙길 수 있는 자리다.

지원비뿐만 아니라 무슨 행사에 들어가는 것에 대해 공급하는 것도 다 뇌물이다.

"압니다. 그래서 했지요. 그런데 경찰도 그 생각 합디다."

"경찰도요?"

"네."

회장이 된 후에 자신에게 접근해서 좋은 게 좋은 거라고, 자신이 받는 뇌물과 일부 돈을 넘겨주면 사건을 무마해 준다고 했다.

'역시나.'

회장쯤 되면 돈이 생기는 것은 대한민국 사회에서는 상식이나 마찬가지다. 그러니 경찰도 모를 리 없다.

"처음에는 찝찝해도 어쩌겠어요. 그냥 적당히 나눠 먹는 수밖에. 그런데 점점 가관이더군요."

처음에는 대략 3분의 1 정도를 경찰이 가지고 갔다고 했다. 그런데 자신이 약점을 잡힐수록 그들이 요구하는 지분은 점점 더 많아졌다.

"나중에는 통째로 다 집어삼키더이다."

자신은 죽어라 회장 일을 한다. 그러는 건 사실 떡고물을 노리기 때문이기도 하다.

물론 일부 금액이 상인회에서 나오기는 하지만, 그런 푼돈에 연연할 게 아니니까.

"받으면 뭐해요, 귀신같이 다 털어 가는데. 결국 내가 그만둔 겁니다. 점점 그쪽 요구가 더 커져 가니까. 나중에는 아예 내 재산까지 탐하는데……."

"재산까지요?"

"그래요."

뇌물로 2억을 받으면 그들이 요구하는 것은 2억 3천이다.

즉, 그동안 자신들이 못 먹은 부분에 대해 약점을 잡고 다 토해 내라고 하는 것이다.

'어쩐지…….'

그들이 목숨 걸고 사고 치기에 2억은 너무 작다 싶었다.

"그래서 얼마 정도입니까?"

"한 달에 대략 1억 정도."

"뭐요? 1억? 그러면 12억이라는 소리요?"

성관중 변호사는 듣고 있다가 기가 막히다는 듯 외쳤다.

"아니죠. 14억이죠. 추석과 설에 1억씩 더 요구했으니."

"아……."

노형진의 말에 성관중은 기가 막히다는 얼굴이 되었다.

"그들이 기를 쓸 이유가 되는군요."

"그렇지요."

"이러다가 내가 제명에 못 죽겠다는 생각이 들어서 그만둔 겁니다."

전임 회장은 치가 떨린다는 듯 말했다.

물론 자신도 좋은 목적으로 회장을 한 건 아니라는 것은 인정한다.

하지만 그렇다곤 해도, 그들의 요구는 과하다 못해서 무식할 정도였다.

"안 주려고 한 적은 없습니까?"

"왜 없겠습니까?"

그러나 그들은 증거를 들이밀면서 자신에게 돈을 요구했다는 것이다.

나중에는 그들의 요구를 들어주지 않으면 자신이 파멸할 상황이니 어쩔 수 없이 들어줄 수밖에 없었다는 것이다.

"14억이라……. 미쳤네."

손채림은 혀를 내둘렀다. 이건 상상을 초월하는 금액이다.

"국가 공인 폭력 집단이라니까."

노형진은 말을 하면서 피식 웃었다.

"그런데 왜 서종팔 씨에게 말 안 한 겁니까?"

"그라면 악순환을 끊을 수 있을 거라고 생각했습니다."

그는 이권에 욕심이 없는 사람이었다. 그러니 누가 돈을 준다고 해도 받아서 챙기는 게 아니라 그걸 공적 자금으로 넣어서 집행할 사람이라는 것을 알고 있었다.

"그러니 약점이 없으면 경찰도 어쩔 줄 몰라 할 줄 알았죠."

"하긴……."

만일 그가 서종팔에게 자신이 당한 일을 이야기하면 그 자체가 약점이 될 수가 있다.

그러니 차라리 자신이 모든 걸 뒤집어쓰고 물러나면 될 거라 생각한 것이다.

"그런데 그렇게까지 할 줄은……."

"당연하지요, 연 매출 14억짜리 노다지인데. 그것도 세금도 안 떼고 일도 안 하는 곳인데."

"휴우."

결국 경찰이 이런 보복을 한 이유는 단순히 겁주기 위한 게 아니었던 것이다.

"찍어 내기 하는 거군요."

그가 돈을 주지 않을 사람이라는 걸 안다. 그리고 받지도 않을 거라는 것도.

'이런 사람이 중간에 있으면 다들 곤란해지지.'

그래서 더러운 조직일수록 그런 사람들에게 터무니없는 죄를 뒤집어씌워서 죽여 버리려고 한다. 그래야 자신들이 계속 뇌물을 받을 수 있기 때문이다.

정치인들 중에서 깨끗하다고 평가되는 사람들이 대부분 오래 하지 못하고 쫓겨나는 것과 비슷한 이유다.

저 사람이 뇌물을 안 받으니 자신이 불편한 것이다.

"증언하실 생각은 없겠지요?"

"증언요? 지금 서 회장에게 하는 거 보셨잖아요? 제가 증언하면 무슨 꼴을 당하겠습니까?"

펄쩍 뛰는 전임 회장을 보면서 노형진은 이번 사건이 결코 쉽지는 않을 거라는 생각이 들었다.

⚖️

"경찰보다는 조폭이라고 하는 게 맞는 말인 것 같은데?"

손채림은 진술을 듣고 돌아오는 길에 중얼거렸다.

"짭새라는 말이 그냥 생긴 게 아니야. 옛날에 우리 아버지한테 들어 본 말이 뭔지 알아?"

"뭔데?"

"옛날에 오토바이 경관들이 왜 긴 장화를 신었는가에 대한 농담."

"농담?"

"그래. 지금은 별로 없지만 옛날에는 오토바이 경관들이 많았거든."

그들은 도로를 다니면서 순찰과 범죄자 추적을 하는 역할이었다. 오토바이는 빠르고, 좁은 길도 잘 다닐 수 있어 도움이 많이 되기 때문이다.

"왜 긴 장화를 신는데?"

"돈 넣으려고."

"으헥?"

"진짜야. 그런 농담이 있었어."

일단 도로에서 경찰이 차를 잡고 딱지를 뗀다.

문제는 그 딱지는 대략 5만 원 정도라는 것.

"그러면 운전자는 선택을 해야 하지."

5만 원 벌금을 낼 것인가, 2만 원 뇌물을 줄 것인가.

"보통은 후자지."

운전면허증 아래에 작게 돈을 접어서 넣어 주면 경찰은 그걸 자연스럽게 받으면서 그냥 보내 주는 것이다.

물론 그 돈은 장화 속으로 쏙 들어간다.

"그렇게 하루에 쉰 건만 잡아도 하루에 100만 원이야."

"헐."

"그래서 그 당시에 오토바이 경관 1년 하고 집 못 사면 병신이라는 말도 있었대."

이것이 법이다

나중에는 아예 법을 위반하지 않아도 일단 잡고 보는 경우가 흔했다고 한다.

경찰이야 존재 자체가 증명되지만, 피해자의 입장에서는 자신이 법규를 위반하지 않았다는 증명을 하는 것이 불가능하기 때문이다.

"지금이야 블랙박스 같은 게 많으니까 문제가 없지만."

그때는 말 그대로 경찰의 말이 무소불위의 권력인 셈이었다.

"그리고 그때 경찰들이 지금은 상부에 있지."

노형진은 씁쓸하게 말했다.

경찰이 이렇게 썩은 이유. 그건 바로 그런 이유 때문이다.

그렇게 돈을 받던 녀석들이 나이가 들고 승진하면서 경찰의 최상부로 올라갔다. 그런 녀석들이 과연 돈을 포기할까?

"음……."

손채림은 이해가 간다는 얼굴이 되었다.

실제로 나이 먹은 경찰들 중에서 사고를 많이 치는 사람들도 있으니까.

"다만 과거보다 더 체계적으로 변했다 정도인 셈인데."

물론 어떤 지역들은 상당히 깨끗하게 운영되는 것이 사실이다. 상부의 의지만 있으면 깨끗해질 수 있는 곳이 경찰서다.

"하지만 상당수 지역은 아직 그렇지 못해."

위에서 배운 대로 답습하는 것이다.

그걸 막기 위해 순환 근무를 시킨다고 하지만 순환 근무는

사실 깨끗함을 퍼트리는 게 아니라 오염을 퍼트리는 역할을
한다.

"결국 의뢰인을 구하기 위해서는 상당히 위쪽 라인과도 싸
워야 한다는 건데, 완전 바위를 계란으로 치는 기분이야."

그저 한숨만 나오는 상황에 노형진은 머리가 절레절레 흔
들릴 수밖에 없었다.

일단 가장 급한 것은 서종팔을 꺼내는 것이었다.

"피고인 서종팔은……."

검사의 공소가 진행되고 사건이 진행되자 서종팔은 얼굴에 두려움이 가득해졌다.

그럴 수밖에 없는 게, 졸지에 이렇게 교도소에 가게 될 처지가 될 거라고 생각이나 했겠는가?

"피고인 서종팔은 ○○월 ○○일. 경찰을 불법 주정차를 이유로 불러내어……. 이에 징역 3년을 청구하는 바입니다."

"3년? 3년이라고?"

"너무 과한 거 아닌가?"

뒤에서 듣고 있던 가족들은 깜짝 놀랐다. 무려 3년이라니.

'아주 작심하고 나왔구먼.'

일반적으로 이런 사건은 3년씩 구형되는 경우는 드물다.

잘해 봐야 구형은 1년 정도. 그나마도 판결은 집행유예나 벌금이 끝이다.

그런데 구형 3년이라.

노형진은 걱정스러운 얼굴로 판사를 바라보았다.

구형을 저렇게 많이 했다는 것 자체가 경찰과 모종의 딜이 있다는 뜻이기 때문이다.

'다행이라고 해야 하나?'

판사의 시선은 의외라는 표정이었다.

검사가 3년이나 구형하는 것은 상당히 의외라는 표정.

그건 그가 경찰과 짠 사람은 아니라는 뜻이다.

"피고인 측 변호인, 변론하세요."

노형진은 자리에서 일어났다.

'돌려 말해? 아니만……'

사건을 방어하는 방법은 많다.

하나는 방어적 방법. 사건을 부정하는 방식.

'하지만……'

노형진은 방척석에 앉아 있는 박낙현을 바라보았다.

이번 사건의 가해자인 경찰. 그는 히죽거리면서 이쪽을 바라보았다.

'그 방식은 아무래도 한계가 있지.'

방어는 할 수 있지만 공격은 힘들다. 그렇다면 이건 제대로 공격해야 한다.

　"재판장님, 이 사건은 독직 사건입니다. 피고인 서종팔은 누명을 뒤집어쓴 것에 지나지 않습니다."

　"독직?"

　아주 대놓고 역습을 가하자 검사도 당황한 얼굴이었다.

　"재판장님, 이건 아직 수사 중인 사건입니다. 그러니 독직 사건이라는 것은 말도 안 되는 주장입니다."

　검사가 그렇게 말하자 노형진은 그를 바로 공격했다.

　"독직 사건의 의미가 뭡니까? 국가권력을 이용해서 피해자를 만드는 사건입니다. 그걸 수사 중이라는 것 자체가 이번 사건의 본질인데, 그게 수사 중이라는 이유로 이번 사건에 말을 하지 않는다면 의미가 없지요."

　"이건 공무 집행 방해와 폭행 관련 사건이지, 독직 사건은 아닙니다."

　"독직은 이쪽에서 그쪽을 고발한 겁니다. 그러니 개별이 아니지요."

　"독직은 검찰에서 수사 중인 사건입니다. 이번 사건의 핵심은 피고인이 경찰에게 폭행을 가한 것입니다."

　"폭행요? 좋습니다. 폭행 부분부터 시작하지요. 재판장님, 여기 피고인인 서종팔 씨에 대한 진단서가 있습니다. 갈비뼈가 부러지고 허리뼈에 금이 갔으며 팔과 다리가 골절되었습니다. 그런데 피해자라고 주장하는 박낙현 씨의 진단서에 따르면 멍이 들고 타박상을 입은 게 전부입니다. 공격자가 피해를 더 입고 방어자는 거의 피해를 입지 않았다는 게 말이나 됩니까?"

"그건 경찰이 아무래도 이런 훈련을 받았으니까요. 자기방어는 기본적인 훈련 내용 아닙니까?"

"그러니까 이상한 겁니다. 그건 모두가 다 아는 사실이지요. 경찰이 격투 훈련을 받았으리라는 것은 누구나 다 아는 사실입니다. 그런데 피고인인 서종팔이 혼자서 무기도 없이 덤벼들었다는 게 말이나 됩니까"

상식적으로 말이 되지 않는 일이다.

아무리 세상이 바뀌었어도 이유도 없이 먼저 경찰에게 덤비는 경우는 없다.

"술에 취해 있었겠지요."

'겠지요? 장난하나?'

사건 현장에서는 발자국 하나조차도 중요하다. 그런데 가장 중요한 피고인의 상태도 알지 못해서 '겠지요.'라니.

'애초에 제대로 조사할 생각도 없지.'

저들은 오로지 서종팔에게 죄를 뒤집어씌우는 것만 생각하고 있으니 당연히 자세한 내용을 조작하지는 못했을 것이다.

"재판장님, 그럴 리 없습니다."

"없다고요?"

"그렇습니다. 여기 그날 서종팔 씨의 카드 내역을 제출하는 바입니다. 그날 기록에 따르면 서종팔 씨는 아침 8시경 차량을 몰고 정비소에 가서 정비를 맡겼다가 오후 10시쯤 돌아온 것으로 되어 있습니다."

"그래서요?"

"차를 정비소에 맡기고 그걸 정비하는 사이에 술을 먹는 사람이 어디 있습니까?"

그런 미친놈은 없다.

애초에 정비소에서 술에 취해서 온 사람에게 키를 주지도 않는다.

'이게 문제지.'

"그날 진술에 따르면 정비소에서 정비하고 오자 낯선 차가 자신들의 상가 주차장 입구를 막아 뒀고, 그래서 경찰을 불렀다고 했습니다."

"그래서 경찰이 갔잖아요?"

"검사님은 술 먹고 운전했는데 경찰 부를 자신이 있으신가 봅니다? 하긴, 검사니까 가능하겠네요."

"당신, 무슨 말을 하는……."

노형진의 날 선 반응에 판사가 끼어들었다.

"피고인 측 변호인, 검사에 대한 모욕은 그만두세요."

"알겠습니다."

"끄응……."

검사는 불편한 얼굴이 되었다.

그걸 본 노형진은 피식 웃었다.

'그럴 줄 알았다.'

노형진이 이 말을 그냥 던진 게 아니었다. 얼마나 결탁되어 있나 보기 위해서였다.

만일 심하게 결탁되어 있다면 분명히 예민하게 반응할 것이기 때문이다.

'당신이라 이거지.'

일반적으로 검찰과 변호사는 상대방이 변론할 때 중간에 끼어들지 않는다. 설사 그게 좀 기분 나쁘다고 해도 말이다.

그런데 검사는 당황하면서 끼어들었다.

즉, 켕기는 게 있다는 것.

'좋아, 본격적으로 해 보자고.'

노형진은 확신이 들고 나자 방향을 제대로 잡을 수 있었다.

그런 노형진의 자신감 있는 표정이 마음에 걸렸는지 검사는 바로 사건을 무마하려고 했다. 피해자를 불러서 증언을 시키려고 한 것이다.

"알겠습니다. 재판장님, 박낙현 경장을 증인으로 요청합니다."

"네."

이미 이야기가 되어 있었고 그 때문에 박낙현이 나와 있었던 거라 그다지 문제 없이 나왔다.

박낙현은 당당하게 증인석으로 올라왔다.

"증인."

"네."

"그때 이야기를 좀 해 주시겠습니까?"

검찰의 질문에 차근차근 상황을 설명하는 박낙현 경장.

"제가 도착했을 때 차가 있었습니다. 그래서 그 차 주인에게 전화를 해서 빼 달라고 했지요. 그런데 시간이 좀 걸린다고 하더군요."

"그래요?"

"네."

"그래서요?"

"좀 기다리라고 했습니다. 그런데 경찰이 그런 것도 제대로 하지 못한다면서 마구 제 욕을 하는 겁니다."

"말렸습니까?"

"말렸지요."

"술 냄새는 안 나던가요?"

"술은……."

술 이야기를 하려다가 순간 멈칫하는 박낙현.

노형진은 그걸 보고 왜 그런지 알 것 같았다.

'아마도 술 먹은 걸로 입을 맞추려고 했겠지.'

그렇지 않다면 멀쩡한 사람이 갑자기 경찰을 공격하는 경우는 드물기 때문이다.

그러나 이미 노형진이 술을 먹지 않았다는 것을 증명한 상황.

점검했던 차를 가지고 바로 가게로 왔기 때문에 술을 먹을 시간이 없었던 것이다.

"술은…… 안 먹은 것 같았습니다."

그게 켕기는 건지 약간 말을 흐리는 박낙현.

"그렇군요."

검사는 약간 떨떠름한 표정이 되었다.

아마도 자신과 맞춘 이야기가 약간 어긋난다고 생각했던 모양이다.

'하지만 그 틈이 이제 어마어마하게 벌어질 거다.'

노형진은 검사를 보면서 조용히 있었다. 일단은 그의 증인 심문이 끝나야 하니까.

"그 후에 어떻게 했습니까?"

"제가 하지 말라고 했는데도 저한테 욕설하면서 달려들었습니다."

"그래서요?"

"달려들기에 그대로 잡아서 넘겼습니다. 그 후에도 계속 저한테 달려들더군요. 결국 격투를 해야 했고, 한참 후에야 수갑을 채울 수 있었습니다."

그의 증언이 끝나자 검사는 판사를 바라보았다.

"재판장님, 보다시피 먼저 공격한 것은 피고인인 서종팔이었습니다. 그리고 피해자인 박낙현은 합법적인 업무를 진

행한 것에 지나지 않습니다. 그런데 독직 사건이라니요. 말
도 안 됩니다."

그 말을 하면서 노형진을 바라보던 검사는 움찔했다.

노형진이 마치 다 안다는 표정을 지었기 때문이다.

물론 노형진은 다 알고 있었다.

'독직이라 이거지.'

스스로도 아까 이 사건은 공무 집행 방해와 폭행에 관련된
사건이라고, 독직 사건은 별개라고 주장했다. 그런데 본인
스스로 독직을 입에 올린 것이다.

즉, 계속 신경을 쓸 수밖에 없다는 소리다. 죄가 되니까.

"이상입니다."

증언이 끝나자 뒤로 물러나는 검사.

노형진은 앞으로 나가서 박낙현을 바라보았다. 그리고 천
천히 물었다.

"박낙현 경장."

"네."

"박낙현 경장의 파트너가 누구죠?"

"네?"

뜬금없는 말에 박낙현은 고개를 갸웃했다.

"파트너 말입니다. 왜 그날 근무에서 파트너 없이 나갔습니
까? 파트너와 함께 출동하도록 되어 있는 거 모르십니까?"

"아…… 그게 말이죠…… 파트너가…… 몸이 좀 안 좋아서……."

"그래요?"

"네."

노형진은 피식 웃었다. 뻔한 거짓말을 할 거라 예상했기 때문이다.

'그리고 허점은 그런 곳에서 나오는 거지.'

"그래서, 누가 파트너입니까?"

"그게 중요합니까?"

"중요합니다."

"아니, 왜요?"

"그래야 고발을 할 수 있으니까요."

"고발?"

고발이라는 말에 당황하는 박낙현.

"당연한 거 아닙니까? 경찰 규칙에 따르면 2인 1조 출동이 기본입니다. 그런데 박낙현 경장은 혼자 출동했지요. 그렇다면 그 파트너가 업무를 제대로 하지 않은 거지요. 그런 사람을 어떻게 믿고 경찰을 시킵니까? 당연히 업무상 배임으로 고발해야지요."

"그게…… 아파서 출근을 못 했습니다."

"아, 그래요? 그럼 상관은 누굽니까?"

"네? 그건 또 왜?"

"아니, 경찰이 아파서 출근 못 했으면 당연히 다른 파트너를 붙여서 보내 줘야지요, 안 그런가요? 그게 경찰 규칙 아닙니까? 그걸 제대로 하지 않으니까 경찰이 공격당한 거 아닙니까? 그건 상관이 배임을 한 거네요."

"어……."

"누굽니까, 그 상관이?"

"……."

백낙현은 어쩔 줄 몰라 하는 얼굴이었다.

그럴 수밖에 없는 게, 노형진의 논리에 따르면 자신의 파트너든 상관이든 둘 중 하나는 처벌을 받아야 하기 때문이다.

'이런 씨발…….'

경찰은 내부 고발자에게 철저하게 보복하는 것으로 유명하다.

그런데 졸지에 자신이 내부 고발자가 되어 버릴 상황.

"어…… 그러니까…….'

결국 박낙현은 고민하다가 파트너를 선택할 수밖에 없었다.

자신의 상관을 선택하면 무슨 보복을 당할지 몰랐기 때문이다.

"우장만 경장입니다."

"우장만 경장이라고 했습니까?"

"네."

"어디 보자."

노형진은 자신의 자리로 가서는 뭔가를 꺼내 들었다. 그리고 그걸 읽어 보다가 씩 웃었다.

"우장만 경장 맞습니까?"

"네."

"이상하군요. 여기 출근부에 따르면 우장만 경장은 출근한 걸로 되어 있는데요. 그런데 아파서 출근하지도 못했으면서 출근부에는 출근한 것으로 되어 있다?"

"헉!"

그건 생각하지 못한 건지 아차 하는 얼굴이 되는 박낙현.

"재판장님, 아무래도 이건 단순 배임의 문제가 아닌 듯합니다."

"아니다?"

"얼마 전 언론에도 나왔듯이, 출근도 안 하고 출근 도장을 찍고 가는 공무원들이 문제가 되었지요. 이건 업무상 배임과 더불어 횡령인 셈입니다. 더군다나 이러한 행동은 상부의 묵인 없이는 이루어지기 힘든 게 사실입니다. 그건 수차례 수사를 통해 드러난 사실이지요. 안 그렇습니까?"

"그건 그런데……."

소위 '도장 찍기'라고 불리는 행동은 흔하게 벌어지는 일이다.

그래서 출근 도장을 지문으로 바꿨더니 그걸 복제해서 출근 도장을 찍는 일까지 벌어지고 있다.

"이는 감찰의 대상으로 보입니다. 언론에서도 이런 일이 벌어지고 있음이 이미 몇 번이나 나왔으니까요."

'이런 미친!'

박낙현은 아차 했다.

　자신이 거짓말을 몇 마디 했더니 졸지에 경찰서가 감찰의 대상이 된 것이다.

　'저 새끼 저거 뭐야?'

　검사는 기겁을 했다.

　말 몇 마디로 순식간에 경찰에 대한 믿음을 바닥을 치게 만든 건 물론이고 감사의 대상이 되게 만든 것이다.

　"흠…… 확실히 고발의 대상이기는 하군요."

　다른 곳도 아니고 증인석에서 한 증인이니 이건 빼도 박도 못할 증거다.

　물론 고발이 들어가면 처음에는 가볍게 출석 체크 정도만 할 것이다. 그러나…….

　'안 걸릴 리 없지.'

　이런 경찰서가 깨끗하고 투명하게 운영될 리 없다.

　분명히 출근부 대리 찍기가 만연해 있을 테고, 그때부터는 본격적인 감사에 들어갈 것이다.

　안 들어간다면 김성식을 통해 살짝 압력을 넣으면 된다.

　당황하던 검사의 뇌리에 문득, 자신이 노형진이라는 변호사와 싸우게 되었다고 했을 때 불쌍하다는 표정으로 바라보던 선배들이 생각났다.

　그리고 반쯤은 장난 삼아 했던 말, 잘 가라.

　'이거 장난이 아니잖아?'

그런데 농담이 아니다.

감사가 들어가면 자신도 걸리게 된다.

검사가 어쩔 줄 몰라 할 때, 노형진은 이제야 몸이 풀리는 듯 가볍게 목을 움직였다.

'그 유명한 마피아의 대부인 알 카포네도 시작은 탈세지.'

마피아의 두목이었던 알 카포네는 모든 일을 깔끔하게 처리하는 것으로 유명했다.

수백 건의 살인을 교사하고 밀주를 만들고 온갖 범죄를 저질렀지만 언제나 풀려났다.

그가 꼬리가 잡힌 것은 누구도 생각하지 않던 탈세.

'쉽게 찍은 출근부가 꼬리를 잡을 줄은 몰랐겠지.'

노형진은 멍한 표정을 짓고 있는 두 사람에게 씩 웃어 줬다. 그리고 공격을 계속했다.

"그리고 현장에 출동해서 차를 빼 달라고 전화하셨다고 했죠?"

"네."

"그런데 상대방이 오래 걸린다고 했고요."

"네."

"좋습니다, 그럴 수도 있죠. 그런데 그 상대방이 누굽니까?"

"모르죠."

"모른다라……."

노형진은 피식 웃었다.

"증인, 피고인은 전화 안 해 보고 경찰을 불렀을까요?"

"그게 무슨 말이죠?"

짜증스럽게 되묻는 박낙현.

"그쪽에서 전화했는데 안 나오는 걸 저희가 어쩌라고요."

"그게 아니죠."

노형진은 사건을 조사하면서 이상한 점을 느꼈다.

일단 사건의 발단이 된 무단 주차가 문제였다.

'어째서 거기에 주차한 것일까?'

서종팔이 가게를 하는 건물에는 지하 주차장이 있다.

그러니 그곳에 들어가서 주차하면 된다. 따로 차단기나 경비원이 막지 않으니까.

그런데 상식적으로 누가 지하 주차장 입구에 가는 길을 막겠는가?

'물론 가끔 아주머니가 그러기는 하는데.'

아예 그런 경우가 없는 건 아니다.

그리고 그런 경우 사람들의 반응은 똑같다.

"일단 사람들은 그렇게 주차된 상태에서는 전화를 하기 마련이지요."

노형진은 한 장의 종이 기록을 꺼내 들었다.

"이건 서종팔 씨의 통화 기록입니다. 그리고 이 사건 이후에 바로 현장에서 체포되어 구속되었기 때문에 이 마지막 전화번호가 바로 그 차량에 적혀 있던 번호지요."

노형진은 그걸 사람들과 판사에게 보여 줬다.

"그래서요?"

"이상하지 않습니까? 이건 통화 기록입니다. 즉, 이쪽에서 건 전화번호 내역뿐만 아니라 상대방이 건 전화번호도 있어야 한다는 거죠. 그런데 그 이후에 같은 번호로 온 전화가 없습니다."

"그게 뭐가 이상합니까?"

"보통은 낯선 번호가 찍혀 있으면 한 번쯤은 다시 전화해서 상대방이 누군지 확인하지 않습니까?"

"안 하는 사람도 있지요."

"그렇습니다. 그건 인정하죠."

노형진은 그렇게 말하면서 자신의 전화기를 꺼내 들었다.

"그러면 당사자에게 직접 물어보죠."

"뭐라고요?"

"왜 전화를 안 했는지 말입니다."

"아니, 귀찮게 왜……."

"귀찮기는요."

노형진은 마치 다 안다는 듯 미소를 지으면서 박낙현을 바라보았다.

"이게 귀찮을 게 뭐 얼마나 있다고."

노형진은 핸드폰으로 번호를 꾹꾹 눌렀다. 그리고 그걸 스피커폰으로 돌렸다.

잠시 후 철컥 소리와 함께 누군가의 목소리가 들려왔다.

-네, 세문 경찰서 길부인 경장입니다.

재판정에서 울리는 목소리.

그리고 그 목소리를 들은 박낙현은 얼굴이 사색이 되었다.

'설마 차 주인한테 전화할 줄은 몰랐겠지.'

엄밀하게 말하면 차 주인은 아예 상관없는 사람이다. 현장에 있지도 않았으니까.

그러니 보통은 증인으로도 안 부르고, 생각도 안 한다.

'어쩐지 이상했단 말이지.'

지하 주차장에 자리가 없는 것도 아니고, 주변에 유료 주차장도 있고 공용 주차장도 있다.

돈이 아깝다면 그나마 방해가 안 되는 자리에 두는 게 보통이지, 떡하니 지하 주차장 입구에 차를 대는 사람은 없다.

"차량 뒷자리가 알토 차량 2387번 차주이신가요?"

-그렇습니다만.

"차를 좀 빼 주셔야 하겠는데요."

-무슨 소리예요? 내 차는 경찰서에 멀쩡하게 세워 놨는데.

"그래요? 그럼 왜 ○○월 ○○일에는 시장에 세워 두셨습니까?"

-……

상대방은 침묵을 지키더니 탁 전화를 끊었다.

노형진은 박낙현을 바라보면서 씩 웃었다.

"그런데 아까 차 주인이 뭐라고 했지요? 세문 경찰서라고 하지 않았나요? 세문 경찰서면 증인이 근무하는 경찰서 아닙니까? 우연치고는 이상하군요."

노형진은 그렇게 말하면서 아까 증거로 제출한 근무 기록을 뒤적였다. 그리고 그곳에서 뭔가를 찾아내고는 피식 웃었다.

"차 주인이 길부인이라고 했죠? 기록에 따르면 그날 길부인 경장이 출근한 걸로 되어 있는데, 경찰서에서 무려 40분 걸리는 위치에 왜 그 차가 있는 건지 질문해도 될까요?"

검사의 표정이 시퍼렇게 변하기 시작했다.

⚖

"프하하!"

성관중 변호사는 웃느라고 사레들려서 죽을 맛이었다.

"허겁지겁 정회를 요청하네요. 진짜, 아이고……."

출근하지도 않은 사람이 출근했다고 되어 있고, 정작 경찰서로 출근한 사람의 차는 사건 현장에 있는 이 기괴한 상황에 대해 설명하지 못하고 검사는 허겁지겁 정회를 요청했다.

"켕기는 거죠."

노형진은 피식 웃으면서 말했다.

"아니, 언제부터 그 불법 주차 차량을 의심한 건가요?"

"처음부터요."

"네?"

"지하 주차장 아닙니까? 진짜 아무리 생각이 없어도 그런 짓을 하는 경우는 드물죠. 더군다나 그런 경우에는 의뢰인이 아니라고 하더라도 누구 다른 사람이 전화하기 마련이거든요."

"아!"

상식적으로 누구든 주차장 입구를 막아 두면 전화해서 빼라고 하는 게 사람이다.

그런데 철저하게 무시했다?

"계속 전화 오는데 그걸 그렇게 무시하는 사람은 드물어요. 거기에다 그곳은 그 시간에 그다지 오래 걸리는 업무가 있는 것도 아니고요."

여러모로 의심스러운 상황이었던 것이다.

"여러 가지 의심할 증거가 많지요."

"그나저나 이 새끼들, 미친놈들이네."

손채림은 치가 떨린다는 듯 부르르 떨었다.

그럴 수밖에 없는 게 이 모든 상황을 맞춰 보면 애초에 그들이 서종팔을 노리고 함정을 짰다는 뜻이기 때문이다.

"그러면 이제 해결되는 건가요?"

성관중 변호사는 기대에 찬 얼굴이 되었다.

이 정도로 의심을 던져 주면 일반적으로 판사들은 이쪽 편을 들어 주게 되어 있다. 그러니 이겼다고 볼 수도 있다.

"아직은 아닙니다."

"네? 하지만……."

"검사가 말했지요? 이번 사건은 폭행과 공무 집행 방해에 관련된 내용입니다. 제가 던진 의문점이 의심을 불러올 수는 있어도 핵심적인 부분은 서종팔 씨가 폭행을 가했느냐 아니냐 하는 것이지요."

"음……."

"그리고 증인을 분명히 부를 겁니다."

"증인요?"

"네."

노형진의 말에 어이없다는 표정이 되는 두 사람.

이 상황에서 무슨 증인이 있단 말인가?

서종팔의 말에 따르면 그 당시에 그 장면을 본 증인이 없다고 했다.

사실 증인이 한 명이라도 있으면 이미 끝났어야 하는 상황이었다. 그런데 증인이라니.

"아마도 뜬금없이 짠 하고 나타나겠지요."

"조작을 한다 이겁니까?"

"네."

"아니, 왜요? 보복은 충분히 한 것 같은데."

"이제는 보복의 문제가 아니거든요."

노형진은 지난번 재판에서 독직 정도가 아니라 사건이 조작되었음을 암시하는 질문을 던졌다. 그리고 상대방은 그걸 들었다.

"그러니 그 증인을 데리고 올 겁니다. 이제는 은폐가 더 문제가 되거든요. 무슨 사건이든, 사건 자체보다는 그걸 은폐하다가 더 큰 사건을 저지르는 법이지요."

"아……."

가령 강도 짓을 은폐한다고 하면 그 과정에서 살인도 불사하는 것이 조직이다.

"더군다나 이건 여러 사람들이 연관되어 있는 겁니다."

최소한 경찰서장 그리고 그 검사가 연관되어 있는 사건이니 그 위로 얼마나 더 연관되어 있는지 모를 일이다.

"그러니 사건을 은폐하기 위해 뭐든 한다 이거군요."

"네."

"너무 오버하는 거 아냐?"

"오버?"

"그래. 아무리 그래도 그렇게까지 은폐를 할까."

"과연 경찰의 민낯을 보고 그런 말이 나올까?"

노형진은 히죽 웃었다.

"지금까지 사건이 조작된 경우가 처음이라고 생각해?"

"아니야?"

"애석하게도."

실제로도 사건을 조작해서 범인을 만드는 경우는 흔하다.

지난번에 슈퍼마켓 살인 사건도 그렇고 택시 살인 사건도 그렇고, 너무 많아서 손에 다 꼽지도 못할 정도였다.

"그때마다 경찰의 반응은 한결같았어."

"어땠는데?"

"은폐했지."

"다?"

"그래. 생각해 보면 이상한 일이야. 누군가 부패했다는 증거가 나오면 그를 징계하는 것이 정상적인 과정이야. 팔이 안으로 굽는다고 해도 그것도 어느 정도인 거지, 이건 대놓고 아예 경찰 차원에서 사건을 조작하거든."

가령 누군가 살인 사건을 조작했다? 그러면 경찰의 입장에서는 그 경찰을 징계하고 처벌하면 그만이다.

당장 그들 때문에 경찰 조직이 욕먹을 수는 있겠지만 장기적으로는 그게 깨끗해지는 일이기 때문이다.

그리고 그런 일이 드러난다고 해서 경찰 조직이 사라지는 것도 아니다.

"그런데 왜 그렇게 결사적으로 은폐를 할까?"

"아……."

손채림은 머리를 부여잡았다. 이유를 알 것 같았기 때문이다.

"내부 카르텔."

"그렇지."

그런 짓거리를 하는 경찰이라면 양심이 있을 리 없다.

당연히 승진과 여러 가지 이점을 가지기 위해 내부 카르텔에 뇌물을 줘 왔을 것이고, 그 증거를 가지고 있을 가능성도 있다.

그리고 사회구조상 그런 식으로 번 돈의 일부는 상부로 흘러갈 수밖에 없다.

"결국 그거지. 나 안 풀어 주면 나 입 나불거린다."

"끄응…….."

"뇌물의 의미가 뭔데. 결국은 공범이 되자 그거야."

더군다나 이번 경우는 금액도 어마어마하게 큰 데다가 원래 전임 회장이 불법적으로 받던 돈이다.

즉, 어차피 불법으로 받는 돈이니 그걸 빼앗는 게 뭐 어떤가 하는 일종의 자기 합리화도 되었을 것이다.

"하지만 서종팔 씨는 그런 거 안 한다고 했잖아?"

자기 스스로도 그런 타입이 아니라고 했고 주변 사람들도 다 그 이야기를 했다.

오래 장사한 사람들이 한 이야기이니 거짓말은 아닐 것이다.

"그러면 포기해야 하는 거 아냐?"

"그럴 리가 있나. 뭐 눈에는 뭐만 보인다는 말이 있잖아."

그들은 서종팔이 깨끗한 사람이라는 것을 인정하지 못한다.

아니, 할 수가 없다. 그러면 수십억을 포기해야 하기 때문이다.

"전에도 말했잖아, 더러운 놈들은 깨끗한 사람을 못 버틴다고."

"음…….."

결국 이 모든 게 자신들이 더러운 것을 감추기 위해 일이 커진 것이라는 것.

"아마도 처음에 시작할 때는 서종팔 씨를 찍어 내는 선에서 끝내려고 했겠지."

그럼으로써 자신들의 수익을 보전하려고 했을 것이다.

"우리가 끼어들면서 일이 틀어진 거네."

"그렇지."

자신들이 독직으로 몰아가자 그들은 다급해진 것이다.

까딱 잘못하면 자신들의 모든 과거가 드러나게 생겼던 것이다.

"그래서 독직 사건들은 경찰들이 나서서 은폐하는 거야."

당연히 그 과정에 증거인멸이나 증거 조작 그리고 가짜 증인 등, 온갖 방법이 다 쓰일 수밖에 없다.

"그러면 어쩌지?"

그런 식으로 나온다면 불리한 것은 이쪽이다.

노형진은 피식 웃었다.

"내가 왜 전에 독직으로 몰아갔는데."

"응?"

"저쪽에서 조작할 거라는 걸 몰랐을 것 같아?"

"설마?"

"설마가 맞아."

노형진이 노린 것은 독직을 알아 달라는 게 아니라 그들이 이렇게 반응하는 것이었다.

"사람이 많아지면 허점도 많아지는 법이거든. 그리고 누가 나오든 이건 질 수가 없는 사건이야."

"질 수가 없는 사건이라고?"

"그래. 지난번에 경찰서 갔을 때 기억나?"

"기억나지."

노형진은 이쯤에서 잘못을 인정하라고 경찰서에 찾아간 적이 있다.

그러나 박낙현은 절대로 그러지 못한다고 딱 잡아뗐다. 자신은 잘못한 게 없다고 말이다.

"그런데 거기서 재미있는 걸 발견했거든."

"재미있는 거?"

"그래. 내 예상이 맞는다면 이미 사건은 끝난 거나 다름없어."

노형진은 히죽 웃으면서 말했다.

⚖️

다음 재판 기일이 되자 아나나 다를까, 검찰은 증거가 아닌 증인으로 몰아붙이기 시작했다.

'그렇겠지.'

가장 확실한 증거들이 노형진에 의해 족족 깨지고 있으니 입증이나 부정이 쉽지 않은 개인의 증언으로 방법을 바꾼 것이다.

'그리고 저 사람이 나올 거라 생각했다.'

노형진은 증인석에 나와서 눈치를 살피는 아주머니를 보면서 피식거렸다.

그녀는 그 건물의 바로 앞에서 가게를 하는 사람이다.

즉, 그 현장을 살피기에는 가장 확실한 증인이라는 뜻이다.

'그리고 여자들은 경찰이 협박하면 대부분 겁먹을 수밖에 없지.'

남자들도 경찰이 협조라는 미명하에 겁박하면 주눅이 드는데 여자들이 더 취약한 것은 당연한 일.

그녀는 이번 일이 미안한지 서종팔에게 눈도 못 맞추고 있었다.

"그러니까 피고인이 경찰에게 달려드는 것을 목격했다 이거지요?"

"네, 그랬어요."

"뭐라고 하던가요?"

"이런 개새끼 죽여 버린다 뭐 그런 식으로……."

"그 후에는요?"

"경찰이 일단 제압했는데 다시 덤비더라고요."

미리 맞춘 대로 증언하는 아주머니.

검사는 흡족한 표정이 되었다. 자신이 원하는 대로 증언이 나왔다는 뜻이리라.

"재판장님, 보다시피 이번 사건에서 중요한 점은 피고인 서종팔이 공무를 방해했다는 것입니다. 더불어 경찰에게 상해를 입혔습니다. 이는 명백하게 공권력에 대한 반항입니다."

그의 말뜻은 간단했다.

공권력에 저항하는 자는 그냥 두면 안 된다, 하는 식의 말투.

판사도 그 공권력의 일부이니 그걸 지키기 위해서는 당신도 우리에게 동참하라는 일종의 권유였다.

"이상입니다."

"피고인 측 변호인, 질문하세요."

판사는 약간은 미심쩍은 얼굴로 바통을 노형진에게 넘겼다.

아직까지 지난번 독직에 대한 명확한 답변도 없이 그냥 무조건 공권력을 지키라는 검사의 발언이 영 마음에 안 들었던 것이다.

"알겠습니다."

노형진은 증인석 앞으로 나갔다. 그리고 그 아주머니를 물끄러미 바라보았다.

"왜…… 그러세요?"

켕기는 게 있는지 침을 꿀꺽 삼키는 여자.

"증인."

"네?"

"위증죄가 뭔지 압니까?"

"네?"

"법원에서 선서하고 거짓말을 하면 그건 위증입니다."

"재판장님! 지금 피고인 측 변호인은 증인을 협박하고 있습니다."

검사는 불편한 얼굴로 바로 태클을 걸었다.

물론 노형진이 그런 태클에 당할 리 없었다.

"재판장님, 전 그냥 위증죄에 대해 설명한 것뿐입니다. 위증을 하지 않았다면 문제가 될 게 없지요. 안 그런가요, 검사님?"

"큭."

노형진의 말에 검사는 아차 싶었다.

'걸렸구나.'

위증을 교사하지 않았다면 검사가 예민하게 반응할 리 없다.

즉, 위증을 교사했고 위증한 걸 아니까 검사가 예민하게 반응한 것이다.

"마치 증인이 위증한 것을 아는 것처럼 구시네요?"

"나…… 난 모릅니다."

"진짜인가요?"

"모릅니다."

"그런데 왜 단순한 법률적 통지에 그렇게 예민하게 반응하시는지?"

애초에 질문을 던질 때부터 표적은 증언이 아니라 검사였다.

검사가 반응하기를 기대한 것이다.

"그러고 보니 위증 교사도 있지요?"

"아, 진짜! 모른다니까요!"

화를 버럭 내는 검사.

보다 못한 판사가 끼어들어서 중재를 하고 나서야 노형진은 다시 원래 자리로 돌아왔다.

"피고인 측 변호인, 빨리 진행하세요. 뒤에도 사건 많습니다."

"알겠습니다."

노형진은 자리에 서서 미소를 지었다.

그 미소는 아주머니를 향해 있었는데, 아주머니는 그걸 보고 더욱 사색이 되었다.

'자, 어쩌실까?'

상대방에게 압력을 가하는 방법은 여러 가지가 있다.

일반적으로 가장 많이 쓰는 방법은 상대방에게 직접적인 협박을 가하는 것이다. 해를 끼친다고 말이다.

그러나 다른 방법도 있는데, 그가 두려워하는 다른 존재를 찍어 누르는 것도 그중 하나다.

그가 두려워하는 대상보다 자신이 더 두려운 존재라는 것을 드러내는 방법.

'그리고 검사는 나한테 당했지.'

이미 이야기가 다 되어 있었을 것이다.

그러나 방금 검사는 노형진에게 당했다. 그렇다면 과연 누가 더 두려울까.

"증인."

"네……."

"증인은 앞에서 가게를 하시는 분이시죠?"

"네."

"업종이 뭡니까?"

"호프집을 하고 있습니다."

"술집이군요. 영업시간은 어떻게 되지요?"

"저녁 7시부터 아침 5시까지입니다."

"그러면 정리하고 나면 보통 몇 시죠?"

"아침 한 6시 30분 정도입니다."

"그 후에는 뭐 합니까?"

"보통은 집에 가서 잡니다."

"그런데 왜 그날은 안 잤습니까?"

"네?"

무슨 소리인지 이해하지 못하는 표정이 되는 아주머니.

"사건이 벌어진 건 11시경입니다. 일반적으로 야간 근무를 하는 분들의 생활 패턴에 따르면 자야 하는 시간이지요. 안 그런가요? 그런데 그날은 왜 안 주무셨냐 이겁니다."

"그거야……."

보통 새벽 4시나 5시까지 일하는 사람들은 끝난 후에 정리하고 잠들었다가 오후에 출근한다.

그런데 사건이 벌어진 시간은 11시. 일반적으로는 자고 있어야 할 시간이다.

"그날은 일이 많아서……."

우물쭈물 대답하는 아주머니.

노형진은 고개를 끄덕거렸다.

"그렇군요."

노형진은 그렇게 말하면서 그녀를 바라보았다.

"그러면 증인."

"네?"

"한 가지만 허락받지요."

"뭘요?"

"이거, 증인 가게 입구 맞지요?"

한 장의 사진을 꺼내 드는 노형진.

그걸 본 아주머니는 고개를 끄덕거렸다.

"네."

"그러면 이 입구에 붙어 있는 번호 키를 저희가 조사해도 되겠습니까?"

"조사라니요?"

"일부 모델은 사용자가 언제 나갔고 언제 들어왔는지 다 등록하도록 되어 있습니다. 사고와 범죄를 기록하기 위해서이지요. 그러니 그날 가게에 있었다면 그 기록이 남아 있을 것 같은데요?"

아주 얼굴이 사색이 되는 아주머니.

설마 그런 기능이 있을 거라고는 생각도 못 했던 것이다.

물론 그런 기능은 없다.

정확하게 말하면 이곳에 달려 있는 모델에는 그런 기능이 없다.

그런 기능을 가진 것은 상당히 고가의 모델이고, 이런 곳에 다는 그런 물건이 아니니까.

'알 게 뭐냐.'

하지만 상대방도, 판사도, 검사도 그에 대해 모른다.

"그게…… 그게…… 고장이 나서……."

"조사해 보면 다 나옵니다."

"뭘 조사한다는 겁니까!"

버럭 화를 내는 검사.

"아니, 저희는 그냥 문에 있는 번호 키를 조사해 보겠다는 건데 왜 그러십니까?"

천연덕스럽게 말하는 노형진의 모습에 판사는 씁쓸하게 웃었다.

'아주 가지고 노는구먼.'

뻔하게 어떤 상황인지 안다. 다만 확실한 증거가 없을 뿐이다.

그걸 이용해서 검사를 농락하는 노형진.

보통은 증거가 없는 변호사가 똥줄이 타야 정상인데 지금은 상황이 반대다.

"동의해 주십시오. 안 되면 법원 명령을 받고요. 판사님,

허가해 주시겠습니까?"

"허락합니다. 명령서를 내리도록 하지요."

"재판장님!"

기겁하는 검사.

"위증을 안 했다면 문제가 될 게 없지 않습니까?"

판사의 논리적인 질문에 검사는 말을 이어 가지 못했다.

위증을 하지 않았다면 문제 될 게 없다.

"아, 그리고 CCTV에 대한 영장도 부탁합니다."

"하지만 해당 기록은 컴퓨터 오류로 삭제되었다고 들었습니다만?"

노형진이 CCTV 기록에 대한 영장을 부탁하자 고개를 갸웃하는 판사.

이미 그 기록이 삭제되었다는 것은 그도 알고 있다.

"물론 피고인 서종팔과 경찰 간에 있었던 일이 찍힌 영상에 대해서는 기록이 없습니다. 하지만 증인의 출퇴근 기록은 남아 있을 것 같은데요?"

"흠……."

"아, 그리고 증인 집 근처에 있는 CCTV 영장도 부탁드립니다."

"왜요?"

"우연처럼 해당 지역 CCTV가 또 삭제되어도 집 근처 영상까지 삭제되지는 않았을 것 같아서요."

이미 한 번 삭제했는데 두 번 못 하라는 법은 없다.

그러니 영장이 나와서 도착할 때쯤이면 경찰에서 해당 영상을 지웠을 수도 있다.

'그렇지만 저 아주머니 집은 관할이 다르단 말이지.'

즉, 집에서 나온 시간을 보면 출근 시간을 대략 예상할 수 있다는 뜻이 된다.

이렇게 벗어날 수 없는 상황이 되자 아주머니는 정신적으로 패닉이 오기 시작했다.

"아…… 안 돼요."

"왜요? 그러면 안 되는 이유라도 있습니까?"

"그게…….."

"사실대로 말하라고 있는 게 증인석입니다."

노형진은 증인석에 있는 아주머니에게 다가갔다.

"아주머니."

"네…….."

"위증하면 처벌을 받습니다. 감옥에 가는 거죠."

사색이 되는 아주머니.

"하지만 아직 증언이 끝난 것도 아니고 증인석에서 내려온 것도 아닙니다. 그러니 증인석에서 사실을 말하면 처벌을 면할 수도 있지요. 안 그렇습니까, 재판장님?"

노형진은 바통을 슬쩍 판사에게 넘겼다.

판사는 씁쓸한 얼굴로 고개를 끄덕거릴 수밖에 없었다.

이것이 법이다

"위증은 처벌의 대상이지만 아직 증언이 완전히 종료된 게 아니니…….."

몰아붙였으면 생로를 뚫어 주는 법이다.

그리고 죽기 직전의 사람은 그곳으로 들어갈 수밖에 없다.

"제가 거짓말을 했어요. 그날 거기에 없었습니다. 전 그날 집에 있었어요."

웅성거리는 사람들.

"그러면 왜 위증한 겁니까?"

"경찰이 찾아와서…….."

결국 아주머니는 사실을 말할 수밖에 없었고, 검사의 얼굴은 붉으락푸르락 실시간으로 벌게지기 시작했다.

'경찰이 이렇게 일 열심히 하면 얼마나 좋겠냐.'

사건을 조작한다는 것은 상당히 복잡한 작업이다.

과거에 청계처럼 사건을 조작해 주는 집단이 따로 있었던 까닭이 바로 그것이다. 어쭙잖게 사건을 조작하면 타임 라인에 따라 틀어지는 게 있기 마련이기 때문이다.

하물며 오늘 검사가 신청한 증인은 세 명이다. 그런데 그 중 한 명이라도 틀어지면 모든 게 다 틀어진다.

그리고 첫 번째 증인에서 이미 틀어졌다.

"다른 증인분들은…….."

노형진이 방청석으로 고개를 돌리자 황급하게 그곳을 떠나는 두 사람.

딱 봐도 예정된 증인들이었다.

"하실 생각이 없나 보군요."

이미 자신들이 해 봐야 처벌만 받는다는 사실을 알아챈 그들은 황급하게 자리를 피한 것이다.

"재판장님…… 증인 신청을 철회하겠습니다."

아차 한 얼굴로 말하는 검사.

판사는 고개를 끄덕거릴 뿐 대답하지는 않았다.

상황이 너무나 극명하게 드러나기 시작했던 것이다. 증거 조작까지 하다니.

'한두 번 본 게 아닐 테니.'

판사가 한두 번 판결한 게 아니다. 그러니 이 상황이 이해가 가지 않을 리 없다.

"재판장님, 그러면 저희가 신청한 증인을 불러와도 될까요?"

"피고인 측 증인 나오라고 하세요. 검찰 측 증인은 더 없는 것 같으니까."

얼굴이 붉어질 대로 붉어진 검사.

그리고 쭈뼛거리면서 나오는 한 명의 경찰.

"증인, 선서를 해 주십시오."

그의 증인 선서가 끝나자 노형진은 그에게 다가갔다.

"증인의 직업은 뭡니까?"

"보다시피 경찰입니다."

제복을 보면 모르겠느냐는 표정으로 말하는 증인.

"그러면 업무는요?"

"112에서 접수 업무를 담당하고 있습니다."

"그렇군요. 그러면 그날 신고를 접수했던 담당자 맞으시지요?"

"네."

"확인 좀 해 보겠습니다."

노형진은 그날의 통화 기록을 공개했다.

통화 기록 자체는 평이했다. 그다지 문제가 될 것도 없고, 접수가 들어왔고 바로 출동하겠다고 하는 정도.

"그 후에 접수하고 4분 만에 현장에 경찰이 도착했지요. 맞습니까?"

"네."

"좋습니다. 그런데 왜 출동시키셨나요?"

"네? 그게 무슨 말씀이신지?"

"엄밀하게 말하면 이런 불법 주정차 업무는 구청의 업무 아닙니까?"

사람들은 일단 문제가 생기면 경찰을 부르는 성향이 있는데, 엄밀하게 말하면 이러한 불법 주정차는 경찰이 아니라 구청에 신고해야 하는 것이다. 경찰은 견인할 권한이 없기 때문이다.

"이 녹음된 내용을 들어 보시죠."

노형진은 자신의 녹취록을 틀어 줬다.

-거기 경찰이지요?

-네, 112입니다. 말씀하세요.

-불법 주차된 차가 방해가 되는데 좀 와 주세요.

-경찰에서는 긴급 출동만 합니다. 해당 사항은 구청에 민원을 넣어 주시면 감사하겠습니다.

계속되는 녹음된 대화.

노형진은 그게 끝나자 스피커를 내렸다.

"총 열다섯 번을 전화했고 총 열다섯 명이 모두 같은 말을 했습니다. 이렇다는 건 내부적으로 일종의 대응 방법이 있다는 뜻이지요."

그렇게 말하면서 증인석의 경찰을 바라보는 노형진.

"그런데 왜 그 내부 지침을 어기고 출동 명령을 내리셨습니까?"

"그건……."

얼굴이 사색이 되는 담당자.

그리고 그런 걸 몰랐던 사람들은 어리둥절한 표정이 되었다.

"제가 잘 몰라서……."

"근무 기록을 보니까 112 상황실에서 3년 근무하셨는데 아직도 이런 기본적인 것도 모른다는 게 말이 됩니까?"

"……."

"그리고 이상한 게 하나 더 있습니다. 아까 출동이 4분 만에 이루어졌다고 하셨지요?"

"네? 아, 네…….

"불법 주정차 민원은 코드가 어떻게 됩니까?"

"네?"

"출동 순서 말입니다. 제가 알기로는 코드 3 아닙니까?"

경찰의 출동은 선착순이 아니다. 그랬다가는 정작 중요한 순간에 가지 못하기 때문이다.

그래서 코드를 붙여서 긴급한 순서대로 출동하는데, 코드 1은 긴급 출동 코드, 2는 비긴급 출동 코드, 3은 비출동으로 매겨진다.

코드 1은 일반적으로 강력 사건용이고 코드 2는 민원 같은 부류로 분류되며, 코드 3는 장난 전화나 이런 불법 주정차에 대한 신고용으로 분류된다.

"제가 알기로는 코드 3이고 군이 출동 안 해도 되는, 타 기관에 인계해도 되는 사항인데 왜 그렇게 급하게 출동한 겁니까?"

"그거야 여유가 있으니…….

"여유라…….

노형진은 피식 웃었다.

"그날 접수 기록에 따르면 해당 지역에서 동일 시간보다 약간 빠른 시간에 코드 1 사건이 총 세 건이 있었습니다. 한 번은 폭행이었고, 한 번은 교통사고였으며, 한 번은 살인미수였지요. 그리고 위치 추적에 따르면 박낙현 경장은 살인미수 사건에 가장 가까이에 있었습니다. 그런데 왜 코드 1로

안 보내고 대기시킨 겁니까?"

"그게…… 아무래도 혼자 있어서, 위험하니까."

"어떻게 혼자 있는 걸 알았지요? 박낙현 경장은 파트너와 같이 출동한 것으로 기록되어 있는데?"

"헉!"

그는 아차 한 얼굴이 되었다. 변명하다 보니 자신도 모르게 큰 실수를 한 것이다.

"자, 말씀을 해 보세요."

"……."

갑자기 말을 못 하는 증인.

검사는 다급하게 자리에서 일어났다.

"재판장님, 이건 독직이 아니라 폭행과 업무 방해에 관련된……."

노형진은 짜증이 났다.

계속 그 말을 하면서 자신들이 불리한 것은 말을 하지 못하게 하려는 검사 때문이었다.

"그러면 확실하게 그 부분으로 파고들어 볼까요?"

"뭐요?"

"일단 업무 방해 부분에 관해서 이야기해 봅시다. 불법 주정차에 대한 견인이 경찰의 업무입니까?"

"그게 무슨……?"

"그곳에 경찰을 부른 이유는 딱지를 떼 달라는 게 아니라 견인해 달라는 거였습니다. 전화상으로도 명확하게 그 목적이 나와 있지요. 와서 차를 좀 끌고 가 달라! 그런데 경찰이 왔습니다. 그게 업무방해인가요? 견인은 명백하게 구청의 소관인데요? 그리고 아까 통화 내역도 들으셨죠? 112 긴급 출동 센터에서도 불법 주정차 관련해서는 구청에 문의하라고 합니다. 그건 업무가 아니죠."

"딱지를 떼는 것도 업무니까……."

"그래서 딱지 뗐습니까? 같은 경찰서 차라고 딱지 안 뗀 것 같은데? 그러면 업무가 아니죠. 엄밀하게 말하면 딱지도 떼지 않았으니 서로 아는 사이라고 봐준 비리 아닌가요? 비리를 저지르러 간 건데 왜 업무방해가 성립되죠?"

"……."

노형진이 핵심을 찌르고 들어가자 당황하는 검사.

물론 출동 자체가 업무이기는 하다. 하지만 함정을 파고 끌어들인 거라면 이건 업무라고 볼 수는 없다.

그리고 함정을 팠다는 증거는 사방에서 나오고 있는 상황.

"폭행 부분에 관해서도 할 말이 많지요."

노형진은 피식 웃었다.

"계속 경찰이 일방적으로 맞았다고 주장하시는데……."

노형진은 더 이상 사건을 끌 생각이 없었다.

"블랙박스는 확인해 보셨습니까?"

"블랙박스?"

"네. 그 당시에 불법 주차된 차량 주인에게서 말입니다."

"아니, 그게……."

"재판장님, 그 당시 차주와 통화했던 것을 기억하실 겁니다. 제가 그 차량을 찾아가서 확인한 부분이 있습니다."

말과 함께 사진 한 장을 꺼내서 들이미는 노형진.

그건 그 당시 불법 주차된 차량에 달려 있는 블랙박스의 확대 영상이었다.

"만일 거기서 격투를 했다면 차량에 충격이 갔을 것이고 블랙박스는 작동되었을 겁니다. 그리고 녹화된 영상은 자동으로 삭제되지 않습니다. 그걸 삭제하려면 직접 수동으로 해야 하지요. 누가 때린 쪽이든, 기록이 남아 있지 않겠습니까?"

'CCTV만 생각했지, 블랙박스는 생각도 못 했을 거다.'

아니나 다를까, 검사는 사색이 되었고 방청석에 있던 몇몇이 황급하게 전화기를 들고 나가는 것이 보였다.

'이미 늦었지.'

노형진도 해당 차량을 보기 전에는 인식하지 못했던 일이다.

그러나 그걸 보고 나서야 확실하게 인식할 수 있었던 것이다.

교통사고 같으면 일단 확인부터 하겠지만 그냥 몸싸움이면 확인을 하지 않았을 가능성이 높다.

더군다나 차 주인은 나중에 그걸 다시 가지고 왔을 뿐 현장에 있었던 것이 아니다. 그러니 망각할 수밖에.

'지우려고 하겠지.'

그러나 해당 차량은 이미 경호 팀이 지키고 있는 상황이다.

"재판장님, 해당 블랙박스 영상에 대한 증거 소환을 요청하는 바입니다."

방청석에 앉아 있던 박낙현의 얼굴이 사색이 되기 시작했다.

"알고 있었습니까?"

"네, 지난번에 갔을 때요."

경찰서에 갔을 때 노형진은 문제가 된 그 차를 발견할 수 있었다.

그 차를 발견한 노형진은 한참을 살폈고, 그 결과 재미있는 결과를 도출할 수 있었다.

"그 차, 제대로 세차도 안 하더라고. 하얀색 차를 그 정도로 먼지가 쌓이게 했다는 건 어지간히 차를 관리 안 한다는 뜻이지."

"그런데?"

"그 먼지가 문질러져 있었단 말이지."

마치 뭔가 문지르고 간 것처럼 한쪽 방향으로 쏠려 있었다.

그걸 본 노형진은 한 가지 가능성을 생각해 냈다.

"누군가 그런 식으로 흔적을 남겼다면 그 사건 때 생긴 게 아닐까 하는 생각이 들었어. 문질러진 형태를 봐서는 몸으로

민 거였거든."

"아!"

"그리고 그 꼴을 보고도 그냥 타고 다니는 사람이 블랙박스를 꼼꼼하게 정리할 것 같지는 않아서 말이야."

대부분의 사람들은 블랙박스를 달고 그냥 주야장천 타고 다닌다.

"충격을 받으면 그 영상은 따로 저장되는 게 기본 기능이지, 블랙박스는."

아니나 다를까, 노형진이 바로 법원의 소환장을 받아서 차량 블랙박스를 열어 보니 예상대로 사건 현장이 찍혀 있었다.

블랙박스는 사고가 나면 앞뒤로 촬영한 모습이 찍히게 되어 있다. 충격이 오는 순간보다 더 중요한 게 바로 직전이기 때문이다.

"그리고 이건 빼도 박도 못하는 거지."

영상을 보면 이야기하던 박낙현이 서종팔을 차 쪽으로 강하게 미는 장면이 나온다. 그 충격으로 블랙박스가 작동되었고, 차에 튕겨 나간 서종팔이 쓰러지자 경찰봉을 휘두르는 것까지 다 찍혀 있었다.

"공개된 영상만 신경을 썼지, 설마 자신들이 가진 게 있다고는 생각도 못 했을 거야."

사방에 달려 있는 CCTV는 남이 손에 넣을 수 있다고 생각해서 모조리 삭제했지만 정작 자신들의 손에 있는 것은 무심하게 넘어간 것이다.

아무리 블랙박스 화질이 떨어진다고 해도 그 장면을 못 알아볼 정도는 아니고, 증거가 나온 이상 경찰이 할 수 있는 것은 없었다.

이미 언론도 냄새를 맡고 슬슬 몰려들기 시작한 상황.

검찰은 이미 기소를 취소했고 독직에 대한 수사를 시작했다.

말 그대로 번개같은 태세 전환이었다.

"그러면 이번 사건을 담당하던 검사는?"

"애석하게도 이런 사건의 결말은 뻔하니까."

이 사건에서 책임지고 뒤집어쓰고 감옥에 가는 사람은 한 명뿐이다. 바로 박낙현.

"원래 독직 사건이 독박 사건이라고 불리는 데에는 다 이유가 있는 거야."

실제로 박낙현은 상황이 바뀌면서 벗어나려고 몸부림치고 있었지만 벗어날 방법은 없었다.

그에게 뇌물을 받은, 아니 그를 행동대원으로 쓰던 경찰 조직은 이미 그를 버린 상황.

"완전 조폭하고 똑같네."

"결국은 국가 공인이냐 아니냐의 차이일 뿐이지 구조 자체는 조폭하고 똑같으니까."

노형진은 씁쓸하게 말했다.

"국가 공인 폭력 조직이라……. 부정을 못 하겠네요."

성관중 변호사는 씁쓸하게 중얼거렸다.

"그래도 이렇게 하다 보면 언젠가는 나아지지 않겠습니까?"

그저 그 희망을 가지고 살아가는 것 말고는, 확신할 수 있는 것은 아무것도 없었다.

⚖️

얼마 후 그 독직 사건의 결과가 나왔다.

아니나 다를까, 박낙현의 개인 범죄로 치부되고 다른 사람들에 대한 수사는 완전히 차단되었다. 그리고 그는 교도소에 수감되었다.

노형진이 만나러 가니 그는 짜증스러운 얼굴을 하고 나왔다.

"왜 여기까지 와서 날 괴롭히는 건데!"

경찰이었던 그가 감옥으로 왔으니 얼마나 힘들겠는가?

그런데 자신을 파멸시킨 자가 찾아왔다는 사실에 그는 분노할 수밖에 없었다.

"괴롭히는 게 아니라 거래하려고 온 겁니다."

"거래?"

"혼자 독박 쓴 거 억울하지 않습니까?"

"무…… 무슨 소리야?"

마치 모른다는 듯 딱 잡아떼고 고개를 돌리는 박낙현.

노형진은 그의 모습을 보면서 피식 웃었다.

"다 압니다. 억울하지요. 하지만 방법이 없어서 여기 온 거 아닙니까?"

"난 몰라."

'아니라고 하는 게 아니라 난 모른다고 한다라…….'

즉, 노형진의 말을 간접적으로 인정한다는 말이다.

"증거 넘기시죠."

"무슨 증거?"

"변호사가 바보는 아니죠. 당신도 바보는 아닐 테고, 행동대원 취급받으면서 이렇게 인생이 파멸로 끝나면 좋습니까?"

"뭔 소리야? 나는 모르는 이야기야."

노형진은 씩 웃으면서 들고 온 서류 가방을 탁자 위에 올렸다. 그리고 살짝 열어 보였다.

"2억입니다."

"헉!"

2억이나 되는 돈을 보고 눈이 번쩍거리는 박낙현.

"세상은 웃기게도 희망도 돈으로 살 수 있거든요."

"희망도 돈으로 살 수 있다?"

"네. 당신이 증거를 넘기면 이 돈은 당신의 돈이 됩니다."

"2억……."

그가 독직으로 파면당하는 바람에 퇴직금도 재산도 다 날렸다. 아내는 이혼하자고 난리였다.

어쩌면 저 2억은 자신의 미래를 그나마 다시 잡을 수 있는 최소한의 자금일 수도 있었다.

"꿀꺽……."

침을 삼키는 박낙현.

하지만 그걸 대뜸 물지는 않았다.

상대방은 경찰 조직이다. 그 안에서 조직원 생활을 해 봤으니 그들이 어떤 자들인지 잘 안다.

"만일 거절하면?"

"거절하신다면……."

노형진은 작게 중얼거렸다.

"이 교도소 동기들이 당신이 경찰 출신인 걸 알게 되겠지요."

'이런 싯팔…….'

만일 경찰 출신인 게 알려지면 멀쩡하게 교도소에서 나가는 것은 물 건너가는 셈이다.

지금도 자신은 공식적으로 폭행으로 들어온 것으로 되어 있다.

"하, 하지만……."

문제는 경찰도 이 내부에 힘을 쓸 수 있다는 것.

어느 쪽이든, 자신은 멀쩡하게 출소 못 한다는 뜻이 된다.

"뭘 걱정하는지 압니다. 그래서 거래하자고 한 겁니다."

"그래서 거래를 하자는 거라고?"

"당신은 1년 3개월 형이지요. 그 자료를 넘겨주시면 그 후에 터트리겠습니다."

"뭐?"

"어차피 당신이 이걸 터트린다고 해서 감형받을 거라 생각하는 건 아니죠?"

"……."

"그러나 당신이 출소한 후에 터트리면 이야기는 달라지지요."

그러면 경찰이 그에게 보복하는 것도 쉽지는 않다.

이미 출소한 후니까. 그리고 다른 지역으로 이사 간 후니까.

어차피 그는 더 이상 그 지역에서 살지 못한다.

"크윽……."

"2억이면 삶을 다시 시작하는 데 충분한 돈 아닌가요? 수억을 해 먹은 사람들은 멀쩡한데 당신은 그렇게 당하는 게 억울하지도 않습니까?"

"수억?"

박낙현이 피식하고 비웃음을 날렸다.

면회를 시작하고 처음이었다.

"제가 잘못 알았나요?"

"설마 이게 1~2년 문제인 줄 알아? 그리고 그 지역에 상권이 어디 한두 개야?"

노형진은 정신이 멍해졌다.

'그러고 보니…….'

전임 회장도 초반부터 뜯겼다고 했다. 단순히 전임 회장대에서 시작된 게 아니라는 뜻이다.

더군다나 그 지역이 대형 상권이기는 하지만 다른 지역에
도 상권은 더 있다.

　"내가 아는 것만 세 자릿수야."

　눈을 반짝이는 박낙현.

　노형진은 그가 왜 그런 말을 하는지 알아차렸다.

　"두 배 드리지요. 거래란 협상하는 것이니까요."

　무려 4억이나 준다는 말에 박낙현은 고개를 끄덕거렸다.

　"출소하는 날 주도록 하지. 나도 안전은 보장받아야 하니."

　"당연하지요."

　간단한 거래였지만 흔적도 없고 증거도 안 남았다.

　그리고 박낙현이 출소하는 날, 아마도 이 지역에는 피바람
이 불게 될 것이다.

　노형진이 그와의 만남을 끝내고 바깥으로 나가려고 하는
찰나 박낙현은 노형진을 불러 세웠다.

　"그런데 말이야."

　"왜 그러시죠?"

　"4억이나 주면서 나한테 그걸 달라고 하는 이유가 뭐야?
변호사니까 그다지 관련도 없잖아?"

　노형진은 씩 웃으면서 대답했다.

　"희망의 대가로 그 정도면 충분하다고 생각하거든요. 제
가 당신에게 돈을 드리는 건 당신에게서 희망을 사기 위해서
입니다."

"희망이라……."

그렇게 중얼거리는 박낙현을 두고 교도소에서 나오면서 노형진은 허공을 보며 중얼거렸다.

"돈이면 귀신도 부리는 세상에서 희망이라고 부리지 말라는 법은 없지, 후후후."

다음 권으로 이어집니다

200평 초대형 24시 만화방

- 수면실 (침대식) ── 사우나석
- 다인석 ── 샤워실
- 세탁기 ── 신간100%

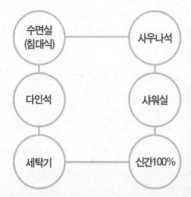

📖 수원 인계동점

- 나혜석거리
- 농협
- CGV
- 수원시청역 ⑧
- 무비 사거리
- 소주한잔 건물 24시 만화방 3F
- 홍콩반점
- 홈플러스

TEL : 031-226-3771
수원시 팔달구 인계동 1041-11 3층 24시 만화방

📖 의정부점

- 의정부역 ④ ⑤
- 흥선지하도
- ◀서울방향
- 진성약국
- 던킨도넛츠
- 24시 만화방 6F

TEL : 031-856-3971
경기도 의정부시 의정부동 197-13 3층

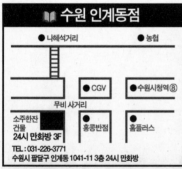

📖 주안점

- 주안 남부역
- ◀제물포
- 민병철 어학원
- 간석동▶
- 25시 만화방 6F

TEL : 032-426-2871
인천광역시 주안남부역 지하상가 4번 출구 GS25시 건물 6층

📖 안양점

- 안양역
- 육교
- ◀관악역
- 명학역▶
- 농협
- 24시 만화방 2F
- 안양일번가

TEL : 031-466-3771
경기도 안양시 안양동 674-163 조이당구장건물 2층

마운드의 제왕

정한담 스포츠 장편소설
ROK SPORTS FANTASY STORY

혜성처럼 나타난 야구계의 이단아
환상의 제구로 마운드에 우뚝 서다!

한국 야구계의 전설 최동훈의 피를 물려받았지만
야구선수로서의 능력은 제로였던 최성호

'패전 전문 투수', '물투수' 등
치욕적 별명만 얻은 채 입대를 하게 되고
야구에 대한 꿈을 접으려 할수록 미련은 강해져만 가는데……

그런 그의 눈앞에 나타난 건
어릴 적 받은 야구 카드의 주인공, 새철 트레빌?

더 이상 아버지의 이름을 더럽힐 수는 없다!
스승과의 하드 트레이닝을 통해
마운드의 제왕으로 거듭나라!

인챈트로 인생역전!

김도훈 현대 판타지 장편소설

옷이 안 팔려? 업그레이드하면 되지!
생태계 파괴급 스킬로 패션 시장을 장악하다!

무리한 확장과 경기 불황으로 의류 사업에 실패한 현성
쓴맛을 삼키며 빚뿐인 앞날을 고민하던 그때
물려받은 골동품에서 우연히 얻은 능력, 인챈트!

인챈트에 성공합니다. 티셔츠의 성능이 향상됩니다.

의류, 가죽, 금속! 손에만 걸리면 등급 업!
대기업의 견제와 갑질을 뚫고 승승장구하는 사업!

한국 경제를 뒤흔들 사업가의 등장!
패션계를 다시 쓸 『인챈트』 스토리가 시작된다!

소울

SOUL SYNERGY

시너지

구현 현대 판타지 장편소설

**이성과 경험의 정문현, 본능과 감의 이영호
두 영혼의 초월적인 시너지로 불합리한 세상에 맞서다!**

무역회사 중역으로 살다가 암 투병 중 사망한 정문현,
목적 없이 살던 고아, 이영호의 몸속으로 들어갔다!
뭐? 둘의 영혼이 저승의 실수로 합쳐진 거라고?

한 개의 영혼, 두 개의 기억
저승사자의 사과 선물로 받은 수상한 인벤토리로
소박해도 좋으니 행복하게만 살자고 다짐하는데……

고아원 원장부터 경찰들까지,
나한테 왜 이렇게 갑질을 해 대는 거야?

**'평범'을 지향하는 이영호의
세상의 갑질을 향한 기상천외 사이다 원 샷!**